鬼の生贄花嫁と甘い契りを五

〜最強のあやかしと花嫁の決意〜

湊祥

STARTS
スターツ出版株式会社

目次

鬼の生贄花嫁と甘い契りを五

～最強のあやかしと花嫁の決意～

第一章　お披露目

「ご紹介に預かりました。凛《りん》と申します。ふつつか者ですが、皆さまどうぞよろしくお願いいたします」

少し声が震えてしまった。

鬼の若殿の花嫁らしく、堂々と名乗るつもりだったのに。

しかしやはり、あやかし界の実力者たちの視線を一身に受けるこの状況では、どうしても凛は息苦しくなってしまうのだった。

現在、『お伽仲見世通り《とぎなかみせどお》』にある高級料亭の一室で、あやかし界の実力者たちが一堂に会していた。

定期的に行われる、鬼の若殿である伊吹《いぶき》も毎回参加しなければならない会合だった。

参加者の中には龍や天狗《てんぐ》の長を始め、裏社会で名を馳《は》せている牛鬼《ぎゅうき》の椿《つばき》、狛犬《こまいぬ》の長である阿傍《あぼう》といった、錚々《そうそう》たるメンバーが出席していた。

人間の凛にとっては大層恐れ多く、近寄るのも遠慮したい集いなのだが。

――とにかくこの場を乗り切らないと。

伊吹の妻として名乗った凛は、皆から注目を浴びている。

鬼の花嫁とはどんなものかと興味深そうに眺める者。妖力の低い凛に対して小馬鹿にしたような嘲笑を向ける者。すでに凛に御朱印を授け仲間となっているため、心配そうに見つめる者。

視線の種類はさまざまだったが、彼らから一様に醸し出される強者特有の気配は、凛の肌をピリつかせる。

なぜ凛がこのような状況に陥っているのか。

話は、遡ること数日前――。


「伊吹。電話だよ」

伊吹邸の茶の間にて。

伊吹の弟である鞍馬《くらま》と、ちょうど遊びにきていた椿、そして濡れ女《ぬれおんな》の潤香《うるか》の三人がテレビゲームに興じていたのを、伊吹と凛が茶をすすりながら眺めていた時だった。

廊下に設置している黒電話が鳴り、応対した伊吹の付き人である猫又《ねこまた》の国茂《くにしげ》が、伊吹に声をかけてきた。

「ああ国茂、ありがとう。どちら様かな？」

「それが……。大蛇《おろち》さんからなんだ」

いつもは猫又らしくのほほんと微笑んでいる国茂が、珍しく強張った面持ちでそう告げた。

すると伊吹の顔にも緊張が走る。

ゲームをしていた三人も、コントローラーを動かす手を止めた。

「なに……？」

そう呟《つぶや》いて伊吹は受話器を取り、「待たせたな、伊吹だ」と張り詰めた声で言う。

（大蛇さん……？　その名前、どこかで聞いたことあるような）

首を傾げて凛が記憶を手繰り寄せていると。

「凛ちゃん。大蛇っていうのは、龍族の頭領だよ」

「現・あやかし界の頭領でもあるね。もういい年のおっさんだよ」

凛の様子を察したらしく、鞍馬と椿が教えてくれた。

「あ……！　だからお名前を聞いたことがあったんだわ。ふたりともありがとうございます」

数カ月前まで人間界にいた凛は、あやかし界の事情には詳しくない。

しかし人間界で報じられるニュースで、あやかし界のトップについては時折報道されていたため、どこかでその名を聞き及んでいたのだろう。

「龍族のあやかしの方って、そういえば私は関わったことがないわ。いったいどういう方たちなんですか？」

凛が尋ねると、鞍馬と椿は顔を見合わせた。なぜかふたりとも気まずそうな面持ちをしている。

「うーん。俺はぶっちゃけ好きじゃないんだよね、龍の奴ら」

「ああ、鞍馬は嫌いそうだねぇ。基本高飛車で、龍族第一主義だし。若い龍たちは違うかもしんないけど、おっさんおばさんはめっちゃ保守派だよねー」

「そうそう。中高年のあやかしに多い、人間を下に見てる典型的なタイプよな。天狗みたいで俺ほんと嫌い」

椿と話しながら、顔をしかめる鞍馬。

あやかしと人間が対等であるとする『異種共存宣言』が採択されてから百年あまりの時が経った。

若いあやかしたちには人間を好意的に受け入れている者が多くなってきているが、年配のあやかしたちからは、人間があやかしよりも下等な存在であるという認識がなかなか消えない。

そして龍族は、あやかし界でもっとも保守派――あやかしは人間の上位存在だと信じてやまない天狗一族と、同様の思想を持っているようだ。

天狗である鞍馬は、そんな一族の思想を嫌悪して実家を飛び出し、伊吹の家で暮らしている。

「なるほど……。では大蛇さんも、人間を受け入れるのは気が進まないというお考えの方なんでしょうか？」

『おっさん』と椿が言っていたので、大蛇は中高年の男性のようだ。年齢的にも、伝統的な考えを持っているのが普通だろうと凛は考えた。

「ううん、大蛇は龍族の中ではだいぶマシな方だよ。彼があやかし界の頭領になる時、先代の意志を受け継ぎ人間と友好的な関係を築くって宣言していてさ。まあ、ちゃんとその通りに動いていたかな」

とても意外な椿の回答だった。

「え、そうなのですか？」

「俺は詳しく知らないけど、そうみたいだね。今じゃ人間界で作られたものがあやかし界にも普通に流通してるもん。あやかし界の頭領が許してくれなきゃ、その辺は無理だろうしなあ。俺はめっちゃ助かってるわ」

人間の文化が大好きな鞍馬が、頷《うなず》きながらそう説明した。

「そうそう。流通網を見直して人間界のものがあやかし界に入ってきやすくしたのも、異種族同士の結婚の手続きを昔より簡易的にしたのも大蛇だよ。世間では、革新的で柔軟な考えを持つ頭領って立ち位置だね。龍族の中ではだいぶ頭が柔らかい方じゃないかな」

確かに異種共存宣言採択後、あやかし界と人間界を隔てる壁はどんどん薄くなってきている。現・頭領が頭の固い保守派だったとしたら、そんな社会にはならないだろう。

「それなら、もし私の正体が大蛇さんに悟られてしまっても彼は受け入れてくれそうですね」

大蛇が想像よりも柔らかい頭の持ち主らしいと知って安心する凛だったが、椿が苦笑いを浮かべてこう告げた。

「いやー……。そう単純な話でもない気がするけどね。民衆の前でいくら調子のいいこと言ってたって、裏ではなにを考えているかわからないよ。あやかし界も人間を好ましく思う奴が増えてきたからねえ。その辺は寛容でいないと、支持率が低くなって不信任案を提出されちゃうから。大蛇の発言には本音を押し殺した建前も多いんじゃないかと思うよ」

「なるほど。あやかし界の頭領でいたいがために、人間に対して大らかなふりをしてるってわけか。龍族の偉い奴が考えそうなことだわー。ま、でも建前でも人間界のものを手に入れやすくしてくれたから、俺にとってはいいあやかしだわ～」

椿の苦言に鞍馬がのほほんと答えた。

――あやかし界の頭領ともなると、いろいろ複雑な事情がありそうね。私なんかじゃ考えも及ばないな……。

やはり自分が人間であると気取られないように細心の注意を払わなければ、と凛は思い直した。

「伊吹、珍しく張り詰めた感じだったけど。大蛇はなんの用事で電話してきたんだろ。椿、わかる？」

「たぶん実力者たちの会合についてのなんらかの相談じゃないかな？　次の会合、もうすぐだし。現・あやかし界のトップからの電話なんだから、まあ伊吹だって緊張もするでしょ」

大した用事ではないと踏んだのか、そんな会話をした後、再び鞍馬と椿、潤香はゲームを再開した。

「わー！　椿っ。そこだ飛べー！」

「どこ？　あ、俺死んじゃった。あとは任せたよ潤香」

「えっ……。わ、私は見よう見まねで動かしているだけですので……。あ、ごめんなさい落ちました」

「あーまた全滅したあああ」

大きなテレビに向かって楽しそうにそんな会話を繰り広げる三人。

彼らが仲良く興じているのは、横スクロール型のアクションゲームだった。ドットで描かれたレトロなキャラクターたちが懐かしさを誘う。凛も人間界にいた頃、妹の蘭《らん》がやっていたのを見た覚えがある。

両親がいる時は一緒になって凛を虐げてきた蘭だが、彼らが不在の時は遊んでくれることもあった。

わいわい話しながらゲームを楽しんでいる三人を見ると、あの頃の自分と蘭の姿が思い起こされる。人間界にいた頃の数少ない、よい思い出のひとつだった。

ちなみに、この前は凛も誘われて一緒にゲームをやったが、あまりに下手だったため今回は遠慮することにした。そういえば妹にも『お姉ちゃん下手すぎるんですけど』と小馬鹿にされた記憶がある。

「よし、もう一回だもう一回！」

「そろそろ次のステージに行きたいよねぇ」

意気込む鞍馬に、うんうんと頷く椿。

少し前まで伊吹と椿は敵対関係……とまではいかないが、決して仲がいい間柄ではなかった。しかし凛に御朱印を授けてからというもの、椿は潤香を引き連れてしょっちゅう遊びに来る。

細かいことを気にしない性分の鞍馬と、伊吹の従者である国茂は、すぐに彼らと打ち解けた。

そんな三人を穏やかな気持ちで眺めながらも、凛は伊吹が電話をしている廊下の方に耳をそばだてていた。

「いや、まだ時期尚早では……。もう噂《うわさ》になっているから収拾がつかない？　……

そういうことなら仕方あるまい。次の会合でだな、承知した」

終始、深刻そうに伊吹は電話口で話していた。受話器を置くと、どんよりとした面持ちで口を開く。

「まずいことになった。凛を実力者の会合で皆の前で紹介しろと、とうとう大蛇から直々に申しつけられてしまった。結婚したら会合のメンバー全員に伴侶の顔を見せるというのが暗黙の了解でな……。今までのらりくらりとかわしてきたのだが」

「え……！」

凛は驚きの声を漏らす。それまでゲームに興じていた三人も、コントローラーをちゃぶ台の上に置いた。

今までは人間である凛をできるだけあやかしの目に触れないように伊吹が気を配っていてくれた。

しかし妖狐《ようこ》の頭領である八尾《やお》や、伝説級の存在であるアマビエの甘緒《あまお》など、数々の実力者たちから御朱印をもらいうけている凛の存在について、『いったいどんな女性なのか』とか『鬼の若殿はなぜ嫁を大々的に公表しないのか？』などと、近頃あやかし界では噂になっていると伊吹からは聞いていた。

「あちゃー。時間の問題とは思っていたけど、とうとう来ちゃったかあ。最近は市井《しせい》でも話題になっているらしいからねえ」

ひと月ほど前に、椿が『裏社会で噂されている』と教えてくれた。この短期間に風聞は広まり、とうとう実力者たちも無視できなくなったのだろう。

「どうやらそのようだな。なるべく引き延ばしたいところだったが、さすがに現・あやかし界頭領からの命は無視できない」

気落ちした様子で伊吹が言う。

凛が人目に触れる機会が多ければ、その分危険にさらされるケースも増加するだろう。人肉を好む種族や、人間を低俗だと信じて疑わないあやかしに狙われれば、伊吹や仲間がついていなければ凛などひとたまりもない。

凛の安全がなによりも大切だと常に考えている伊吹が浮かない顔をするのも当然だ。

「いつかは来ることだったし、もう仕方ないっしょ。ま、別に凛ちゃんが人間だってバレるわけじゃないし、いつもみたいに鬼の匂いつけて、みんなに『俺の嫁だ』って紹介するだけだろ？」

「まあ、それはそうだが」

椿の言葉に、伊吹は渋々といった表情で頷く。

普段、凛は伊吹から鬼の匂いを移してもらい、鬼の女性のふりをして生活している。

鬼の匂いを凛につける方法は、頬か唇への口づけだった。頬の場合は丸一日、唇の場合は丸三日匂いが保たれる。

ふたりの愛が深まってきた最近では、もっぱら唇同士の接吻で行われていた。今朝も伊吹とは熱い口づけをかわしたばかりだ。

その光景を思い出し、凛は密かに顔を赤らめる。

「実力者の会合には俺も出席するし、阿傍や瓢《ひさご》、八尾もいるだろ？　味方も多いから、そんなに不安がることないんじゃないの」

椿が伊吹を元気づけるように言う。

瓢は蛟《みずち》というあやかしの次期頭領であり、阿傍や八尾と同様、高い妖力の持ち主だ。

三人とも心優しく、凛に御朱印を授けてくれた同胞である。

「うむ……。そうだな」

「会合の出席者には仲間のあやかしも結構いるのですね。どうなることやら……と不安に思っていましたが、紹介だけならなんとか乗り切れそうです」

椿の言葉に、伊吹と共に安堵《あんど》する凛。

以前はなにを考えているかわからない不気味な存在だった椿だが、伊吹と凛が彼にかかっていた恐ろしい呪いを解いてからは、いつもこうして親身になってくれる。

『呪いを解く方法を見つけてくれた君たちに、俺は素直に感謝している』と、凛の御朱印帳に自らの印を押印する時に椿は話していた。

きっとそれが本心だから、自分たちに協力してくれるのだろう。

「凛さま、大変なお立場ですね……」

しみじみとした様子で潤香が呟くと、傍らにいた鞍馬が頷いた。

「そだねー。鬼の若殿の嫁ってだけで相当大変なはずなのに、凛ちゃんは人間だってことを隠しているからねえ」

凛が人間であると知っているのは、ここにいる面子の他は数名のあやかしのみ。御朱印を授けてくれた者の中にも、知らない者がいる。

凛を信頼して御朱印帳に押印してくれたあやかしに自分の正体を黙っているのは心苦しいが、すべては少しでも安全にあやかし界で過ごすためだった。

――いつかはきっと知られてしまう。その時、みんな私のことをどう思うんだろう……。

御朱印の押印による同胞《どうほう》の契《ちぎ》りを結んでくれたあやかしたちは、皆心が広く気のいい者ばかりだ。彼らから人間を貶《おとし》めるような発言は聞いたことがない。

しかし人間に対して内心どんな思いを抱いているかなどわからない。凛側が自分たちの都合で正体を隠していたと知れば、話が違うと憤る可能性もある。

そう想像すると、凛は自分が人間だと公になるのが怖くてたまらなかった。

やはり、できるだけこの件は秘匿にしなければ。

改めてそう決意する。

「ま、でもさ。凛ちゃんには『最強』の称号である伊吹がついているんだし。きっと大丈夫っしょ」

前向きな鞍馬の発言に凛は元気づけられた。

御朱印持ちの力の強いあやかしたちは皆、称号を所持している。椿は『宿怨《しゅくえん》』、阿傍は『秩序』といった具合に、それぞれの特性に合った通り名だ。

そして凛の夫である伊吹のふたつ名は『最強』。文字通り、伊吹はあやかし界では圧倒的な強さを誇る最強の存在だった。

――そうね。鞍馬くんの言う通り。私には伊吹さんがついている……！

だからきっとなにがあっても大丈夫だと自分を奮い立たせた。すると。

「ところで椿……最近家に入り浸っているが、お前ひょっとして暇なのか？」

当然のように居間でくつろいでいる椿が改めて気になったのか、伊吹が眉間に皺《しわ》を寄せる。

そんな皮肉を気にした様子もなく椿は微笑み、軽い口調で答えた。

「まあ、暇っちゃ暇だねー。今まではどうやって牛鬼の呪いを解こうかって東奔西走していたから。会社の経営を頑張っていたのも、いろんなあやかしとつながって情報を得るためだったし。今はもうそんな頑張んなくていいから、経営は部下に丸投げしてまーす」

そう、今でこそこうしておちゃらける元気のある椿だったが、代々の牛鬼にかかっていた恐ろしい呪いが解けたのは、たったひと月半ほど前のこと。

千三百年前、牛鬼の始祖であるひとりの鬼が、当時の鬼の若殿・阿久良王《あくらおう》の逆鱗《げきりん》に触れ、未来永劫《えいごう》消えることのない呪いをかけられた。

その鬼――牛鬼は発作と共に醜い獣へと変貌し、やがてそのおぞましい姿から戻れなくなる体となってしまったのだった。

さらに醜怪な存在となった牛鬼は、理性も記憶も失い、ただ獣やあやかしの肉を食らう畜生となって、生涯を終える。

そしてその牛鬼が死ぬと、無から新たな牛鬼が誕生するのだ。それも、同じように呪いをかけられた状態で。

椿はその呪いを自分の代で終わらせるために、神隠しの秘術で自身の存在をこの世から消そうと考えた。

しかし凛と伊吹の奮闘と潤香の愛によって、なんとか解呪に成功したのだった。

つまりこの世に生を享《う》けてからひと月半前までという長期間、椿は四六時中呪いに苛《さいな》まれていたのだ。テレビゲームのような、気楽な遊びを楽しみたくなるのも無理はない。

──まあそれは理解できるのだけど。なんでこの家に入り浸っているのかしら……。

凜は少し呆《あき》れた気持ちで椿を眺める。

別に椿の存在が嫌なわけではない。むしろ、牛鬼の呪いを解くのにひと役買った凜に礼を述べ、御朱印を授けてくれた彼を今では信頼している。

しかしそれにしたって、以前は凜の夜血《やけつ》を欲したり妹の誘拐事件の主犯に手を貸していたりと不穏な関係だったのに、急に親密になりすぎである。

椿が伊吹や凜を好ましく思っているのだろうと考えれば、悪い気はしないが。

「そうか……。でもそれにしたってここに来すぎじゃないか？」

「えっ、ダメなの？」

伊吹の言葉に、椿が白々しく首を傾げる。

「俺と凜はまだ新婚なんだぞ。こう頻繁にお前らが来てドタバタされたら、ムードもへったくれもないではないか」

伊吹がむすっとした面持ちで言う。凜は嬉《うれ》しい気持ちになったが、言葉が見つからず照れ笑いした。

すると鞍馬が意地悪そうに微笑んだ。

「椿に潤香ちゃん！　そういうことなら毎日来ていいよっ。四六時中いてオーケー！なんならここに住んじゃう？」

恋人のいない鞍馬はなにかと伊吹と凛の間に茶々を入れてくる。ようは伊吹と凛の触れ合いを邪魔できればなんでもいいのである。

「鞍馬！　お前ふざけんなよ⁉」

「はー？　俺は新しい友人と仲良くしたいだけでーす」

食ってかかる伊吹を鞍馬はさらにおちょくる。

こうなると、伊吹邸の定番である兄弟ゲンカが始まる。

慣れっこの凛は飲んでいた湯呑《ゆのみ》を持ってちゃぶ台の端に移動し、嵐が収まるのを静かに待つことにした。

「お前はそんな性格だから彼女ができないんだぞっ」

「ち、違うし⁉　できないんじゃなくて、今は好きな人がいないから彼女を作らないだけだしっ」

「ふーん？　この前もSNSで人間女子を口説いてフラれていたくせに」

「はっ……？　伊吹お前、人のスマホ見たな⁉」

「別に見たくて見たんじゃない。お前が四六時中いじっているからたまたま画面が目に入っただけだ」

そんな言い合いを繰り広げるふたり。

国茂が出してくれた塩大福を頬張り、のんびりと待つ凛に、引きつった笑みを浮かべた椿が尋ねた。

「あのふたり、いつもああかい？」

「まあ、だいたいそうですね……。今まで椿さんたちがいらっしゃっていた時は、たまたま行われていませんでしたが」

「へぇ。伊吹って君にデレる時以外は常にクールでキリッとしているイメージだったけど。鞍馬とは仲良しなんだね」

「「仲良しなんかじゃない！」」

うんうんと頷く椿の言葉に、伊吹と鞍馬が声を揃《そろ》えて叫んだ。

本人たちは不本意だろうが、ぴったりと息の合った言い方に凛は噴き出しそうになってしまう。

その光景を目にした椿はどこか嬉しそうだ。感情を露わにして弟と言い争いを行う伊吹に、親しみを感じているのかもしれない。

「伊吹さま……。私たち本当にお邪魔ではないですか？」

深刻な顔をしておずおずと潤香が尋ねた。

すると伊吹はハッとしたような面持ちになり、こう答える。

「……いや。まあ凛とふたりきりの時間が欲しくないと言ったら嘘になるが、鞍馬は楽しそうだし、凛も笑顔が増えた気がするし。邪魔だなんてことはないさ。さっきのは半分くらい冗談だ」

真面目な潤香は、自分たちが迷惑をかけているのではないかと不安になったのだろう。伊吹の言葉を聞き、安堵した様子で頬を緩める。

「それならばよかったです。それにしても、伊吹さまと凛さまは本当に相思相愛のおふたりなのですね。運命の殿方と出会えた凛さまがうらやましいです」

どこかうっとりとした声で潤香が言った。

あまり表情豊かではない潤香は、口数が少なくいつも無表情で椿の命に淡々と従っているイメージだ。しかし椿が呪いから解放された後は、以前よりも柔らかい面持ちをしている時が多くなった気がする。

彼女の声を聞く機会も明らかに増えた。

呪いによって果てようとしていた主の身を、潤香はずっと案じていた。その不安から解き放たれ、彼女の心にも平穏が訪れたのだろう。

「はは、まあな」

相思相愛という言葉に伊吹は気をよくしたようで、得意げに微笑む。しかし一方で凛は。

「そ、相思相愛だなんて……。それにしても、潤香さんからそういう言葉が出てくるなんて少し意外ですね」

照れながらも尋ねると、潤香がはにかんだような表情になった。

「あ……。実は、人間界の文化にお詳しい椿さまの影響で、人間界の少女漫画を好んで読んでいまして。伊吹さまと凛さまのご関係って、まさに少女漫画のヒーローとヒロインみたいで憧れてしまうんです。……あっ、申し訳ありません。私ったら、変なことを申してしまって」

少女漫画に夢見ていることをうっかり話してしまい恥ずかしさを覚えたのか、気まずそうに俯《うつむ》く潤香。

しかしその純情そうな少女の様子に、凛は微笑ましさを覚えた。

「いいですね、少女漫画。私にも今度おすすめを教えてくださいませんか？　私は今まであまり触れる機会がなくて」

「凛さま……。ええ、ぜひに！」

自分の趣味に凛が興味を持ってくれたのが嬉しいのか、潤香は顔を上げた。その表情は明るい。

すると今までふたりの会話を傍らで聞いていた鞍馬がこう言った。

「へー、伊吹と凛ちゃんに憧れかあ。でもさ、潤香ちゃんもかわいいから、もうちょっと大きくなったらそういう人に出会えると思うよ～」

鞍馬は潤香をまっすぐに見つめている。

潤香は虚を衝かれたような面持ちになった後、ボッと頬を赤く染めた。耳まで真っ赤になっている。

「え、わ、私が『かわいい』だなんて……。鞍馬さま、ご、御冗談が過ぎます……！」

「なんで？　普通にかわいいけど」

きょとんとして鞍馬がそう返答するも。

「そ、そんなこと椿さま以外の殿方に言われた覚えがありませんもの……！　こ、こんな痣《あざ》のある女がかわいいだなんて、あり得ません……」

普段は長い髪でほとんど覆ってはいるものの、確かに潤香の顔半分には生まれついての青痣がある。どうしても目についてしまう潤香の特徴だった。

しかし、鞍馬はというと。

「痣？　あ、そういえば。でもごめん、なんか『潤香ちゃんはかわいい』っていうイメージしかなくて。もちろん痣があるってのは認識しているんだけどさ〜。気にならないというか、それをひっくるめても潤香ちゃんはかわいいっていうか」

屈託なく微笑んで、鞍馬はあっけらかんと告げた。

「え……わ、わ……」

とうとう潤香は、小さく声を漏らすだけでうまく言葉を紡げなくなってしまった。

確かに、奥ゆかしくて素直な潤香はとても魅力的だと凛も感じていた。痣なんて些《さ》細《さい》なことに思えるくらい。

引っ込み思案で自尊心の低い潤香は、自身の愛らしさになど決して気づいていなかったようだが。

そういえば、鞍馬の好みの女性は〝奥ゆかしい人間の女の子〟だったはず。潤香は人間でこそないが、鞍馬がかわいさを感じるタイプなのだろう。

ただ、臆面もなく本人に『かわいい』と告げられるところを見ると、鞍馬には潤香に対する深い感情はないようだ。だが、しかし。

――潤香さん、鞍馬くんのことを好きになっちゃうんじゃないかしら。

十五歳前後と思われる潤香からすると、二十歳の鞍馬は年上の頼りになる男性である。さらに鞍馬は、金の髪と瞳を輝かせる、容姿端麗な天狗だ。そんな彼から『かわいい』と褒められれば、大半の女子は心を奪われてしまうではないか。

少女漫画を好むような夢見がちな潤香なら、さもありなん。

そんなふうに、凛がふたりの関係を興味深く感じていると。

「おい、そこの天狗のクソガキ」

椿が低い声で鞍馬に近寄ってきた。

いつものように悠然と微笑んでいるように見えるが、瞳には鋭い眼光が宿っていて、そのギャップがさらに恐ろしさを増している。

凛は密かに身をすくめた。

「えっ。椿、いきなりなに……？」

鞍馬も危険を察知したのか、びくりと身を震わせた。

「うちの潤香になに粉かけてんだ？　お前みたいなチャラ男が遊びで手を出したら問答無用で殺す」

相変わらず笑みを浮かべたままだったが、その顔面からはとてつもない威圧感が発せられている。

「え？　な、なんのこと!?　べ、別に俺は……」

凛に対しても毎日のようにかわいい発言をしている鞍馬にとって、さっき潤香に向けた言葉は挨拶のようなものなのだろう。椿にすごまれても、なにを咎《とが》められているのかまるでわかっていないようである。

ちなみにいまだに潤香は顔を赤らめて俯いていた。

そんな様子がコミカルで、凛はこっそりクスリと笑う。

伊吹は苦笑いを浮かべていたが、楽しそうにも見えた。

自分が紹介される予定の会合がもうじき迫っていることにもちろん不安はあるが、仲間たちとの軽快なやり取りに、凛はひとときの安らぎを覚えるのだった。

一部ガラス張りの障子の外には、松や梅といった和木や石灯籠などがバランスよく配置された美しい日本庭園が覗《のぞ》いている。清らかな水が張られ、錦鯉《にしきごい》が悠々と泳ぐ池には鹿威《ししおど》しが設置されており、時折風流で心地のよい音が響いてきた。

大蛇から伊吹に『そろそろ皆に嫁を紹介するように』という電話が入ってから、数日が経った。

あやかしの実力者たちが一堂に会する月に一度の会合が、お伽仲見世通りの高級料亭にてもうじき行われる。

開始前に店に到着した凛と伊吹は、会場となる宴会場の隣の個室で待機していた。

「凛。その色留袖、よく似合っているな」

満足げに微笑んだ伊吹が、嬉しい言葉をくれた。

自身のお披露目の場だったので、凛は和の正装に身を包んでいた。

伊吹が懇意にしている着物店が仕立ててくれた薄桃色の色留袖に、七宝模様の入った金の帯を合わせていた。丁寧に編み込まれて後頭部でまとめた髪には、桔梗《ききょう》のかんざしがきらりと光る。

また、普段あまり自分の顔はいじらない凛だが、さすがに今日は化粧を施している。ベースメイクの他は、ベージュのアイシャドウに桃色の口紅といった、シンプルなものではあったが。

出発前、伊吹邸にて伊吹の従姉である紅葉《もみじ》と、凛の友人である絡新婦《じょろうぐも》の糸乃《いとの》が、着付けとヘアセット、メイクを行ってくれたのだった。

気心の知れているふたりが自分を綺麗《きれい》にしてくれた上に、『緊張するだろうけど、堂々としてんのよ』とか『頑張ってね～、凛』という励ましの言葉をくれたのは素直に嬉しかった。

「ありがとうございます」

伊吹の褒め言葉に、凛は顔を綻ばせる。もちろん緊張はしていたが、それほど恐れていなかった。

伊吹の匂いがついただけの人間の自分は、傍からは妖力がとてつもなく低い鬼に見えるはず。『鬼の若殿の伴侶としては、妖力が低すぎるのではないか』という否定的な言葉が飛んでくるのは容易に想像できた。

しかし『最強』のふたつ名をほしいままにする伊吹が傍らにいてくれるのだ。大きな揉《も》め事が起こるとは考えづらい。

「紹介しろだなんてまったく面倒なことを……と不満だったが、凛が着飾る機会を与えてくれたのだと考えると、そう悪くもないな」

凛をじっと見つめる伊吹の瞳が艶めく。

伊吹から発せられる熱に当てられ凛が目を細めると、彼は頬に手を添えてきた。反射的に瞼《まぶた》を閉じる。

口づけ前に伊吹がこうして顔に触れてくるのを、すでに凛は体で覚えていた。ほぼ毎日、必ず行われる儀式なのだから当然だ。

そしてすぐに伊吹の唇が凛のそれに重ねられた。相変わらず優しく熱く、とても甘美な感触だった。

いつも通り、全身がとろけてしまいそうな愉悦を凛は感じた。しかし今日は、深い安堵感も生まれた。

すべてを包み込むような伊吹の感触は、この後すぐに行われる深刻な場面から守ってやると告げてくれている気がする。安心しろ、大丈夫だと励ましてくれているようだ。

「たくさんの曲者たちがいる会だ。緊張するだろうし、心ないことを言ってくる奴もおそらくいるだろう。だが俺がついている。凛はどーんと構えていればいい」

唇を離した伊吹が微笑んで放った言葉は、さらなる安心感を凛にもたらしてくれる。

「はい……！」

嬉しさが込み上げてくるのを感じながら、凛は頷いた。

その後すぐに会合開始の時間となり、まずは伊吹が隣の宴会場へと入っていった。

凛は彼から呼ばれたら入室する運びとなっている。

そして待つこと数分。伊吹が迎えに来たので、彼に手を引かれながら凛は隣の部屋へと入った。あやかし界のトップたちが一堂に会している場所へと。

入室した瞬間、突き刺さるような尖鋭《せんえい》な視線がいっせいに向けられ、凛はごくりと生唾を飲み込んだ。

伊吹に勝るとも劣らない美麗な人型のあやかしや、獣さながらのあやかし本来の姿をしている者、人間のような外見に耳や角だけ生やした半妖タイプなど、さまざまな種のあやかしたちが御膳を前に座布団に座っている。その数、十八名。

本来なら二十名参加者がいるはずだが、直前で二名欠席になってしまったそうだ。

そのため、「欠席者に顔を見せるために、来月の会合にも凛は出席しなければならないな……」と伊吹に告げられた。

こんな厳かな場面、一度で済ませたかった凛にとってはかなり気が重くなる話だった。

出席しているあやかしたちを、凛はざっと眺める。

緑の皮膚の上に両生類のような鱗《うろこ》を生やし、頭の二本の黒い角が弧を描いているのが、龍族の長だろうか。

その隣にいる、見目麗しい金髪の中年男性は天狗族と思われる。

威圧感すら感じられるあやかしの実力者たちが放つ高貴な気配に、それまで恐怖心を抱いていなかった凛でもさすがに気後れした。

しかし阿傍、瓢、八尾といった見知ったあやかしたちが柔らかい視線を向けてくれているのに気づいた。椿は緊張してガチガチになっている凛を見て笑いがこらえられないようで、口元を押さえている。

そんな普段通りの同胞たちの様子に、凛は少しだけ安心した。

「彼女がしばらく前に俺の妻となった凛だ。紹介が遅くなってすまない。俺たちもなにかと忙しかったものでな」

傍らで、伊吹が朗々たる声で出席者たちに凛を紹介した。

凛は深々と頭を下げてから、口を開く。

「ご紹介に預かりました。凛と申します。ふつつか者ですが、皆さまどうぞよろしくお願いいたします」

できるだけ堂々と挨拶するようにと伊吹や椿に助言されていたものの、心臓の鼓動が邪魔をして少しだけ声が震えてしまった。すると。

「まあまあ。素朴で純情そうで、とてもかわいらしい方ではございませんか」

「うむ。淑《しと》やかさ、みずみずしさを感じるのう。『最強』の伊吹を陰で支えてくれそうではないか」

絶世の美女あやかしと優しそうな老人が、ニコニコと微笑みながら好意的な言葉を凛にくれる。

ふたりのあやかしが自分を受け入れてくれた様子に、凛はホッと胸を撫《な》でおろす。

しかしそれも束《つか》の間。

「鬼のわりにやけに妖力が低いな」

「本当ねえ。それに地味で華のない女ねえ。伊吹ならもっと華やかな美女を迎えられるのではないかねえ」

手ぬぐいのような白く薄い布に目と口がついた一反木綿《いったんもめん》と思《おぼ》しきあやかしと、巨大などくろを抱えて撫でている女性あやかしから、そんな言葉が聞こえてきた。

どくろの方の女性は、特徴からいって、がしゃどくろというあやかしだろう。人間界でも有名な種族だ。

ふたりとも目を細め、凛を小馬鹿にするように見つめている。

瞬間、胸がぎゅっと締めつけられる。

しかしそのような揶揄《やゆ》が飛んでくることは想定の範囲内だ。凛はできるだけ胸を張って、自分はそんな言葉など意に介さない……といった姿を出席者たちに見せる。

すると椿が鼻で笑った後、こう言った。

「妖力が低いだのなんだのってさ。おいおい、異種共存宣言が採択されてもう百年以上も経つというのにまだそんな戯言《ざれごと》を吐くのかい、襖《ふすま》どの」

彼の小馬鹿にしたような様子に、一反木綿の布が今までよりも広がり、目がつり上がる。一反木綿の名は襖というらしい。

「戯言だ!? 妖力の高さは、今もなおあやかし界における地位の高さの指標ではないか！　現にここに集まっている者たちは、最低でも並みのあやかしの数倍の妖力を所持しているっ。それがなによりの証拠！」

「襖どの、落ち着け。確かに妖力の強さはあやかしを評価する上で重要な要素のひとつだ。しかしあやかしも温厚な者が増え、人間と対等となったこの世ではその指標のみであやかしの実力を測るのは時代遅れになりつつある。凛はここにいる私や椿、瓢、八尾の他、伊吹の従姉である紅葉、薬師の甘緒……など、さまざまな称号持ちのあやかしから御朱印を授かっておる。その意味を考えることだな」

阿傍の涼やかな声の後、瓢の「そうそう。凛ちゃんの芯の強さはここにいるあやかしに引けを取らないよ」という同調と、八尾の「凛がいなかったら、俺たち妖狐一族は今頃どうなっていたかわからねえ。命の恩人だ」という言葉が続く。

すると一反木綿は文字通り小さくなった。がしゃどくろの方は、不機嫌そうに口をとがらせている。

「まあ俺も一応、次期あやかし界の頭領候補だし、皆いろいろ意見はあるとは思う。しかし俺が鬼の若殿の伴侶として申し分ないと選んだ女性が凛なのだ。誰になにを言われようと、俺の妻は凛以外あり得ない」

伊吹が強い口調で断言すると、場内はしんと静まり返った。

さすがに『最強』である鬼の若殿の意志に、それ以上茶々を入れる愚か者など存在しないらしい。

伊吹の言葉に凛は嬉しさを覚えつつも、ずっと自分に尖鋭な視線を送っている、あるふたりのあやかしが気になっていた。

――やっぱり緑の鱗肌で黒い角がある男性が、龍族の長で現・あやかし界頭領の大蛇さんよね。そしてその隣にいる金髪の美しい男性が、天狗の長の是界《ぜがい》さん……。どことなく鞍馬くんに似ているもの。

要注意するあやかしとして、あらかじめ伊吹からふたりの話は聞いていた。彼らは凛を褒めも貶めもせず、ずっと無言で観察するように凛を眺めている。

正面から侮蔑の言葉を浴びるのもきついが、黙ったまま舐《な》め回すように見られるのもそれはそれで恐ろしい。

大蛇も是界も、あやかし界で鬼と同等に強い勢力とされる種族の長である。

上澄みのみしかいないはずのこの場においても、大蛇と是界はその中の上位に君臨するあやかしなのだろう。彼らが息を吸うように発している威圧感から、自然とそう察せられた。

もちろん、大蛇と是界以外のあやかしたちからも、ひと癖もふた癖もありそうな異質な気配が漂っている。やはり、御朱印持ちの中でも最上位とされるこの場にいるあやかしたちは、通りを闊歩《かっぽ》しているような並みのあやかしとはまったく雰囲気が違っているのだった。

——こんな方たちに囲まれているなんて身もすくむような思いだし、正直、今すぐにでも逃げ出したいけれど。伊吹さんの妻として、堂々としていなくっちゃ。そうそう、私はどーんと構えていればいいんだから。

相変わらず心音は大きく鳴っているが、凛はキリリとした表情を必死になってキープし胸を張る。

大きな騒ぎもなく凛のお披露目が終わった後は、会合の本題がスタートした。

定期的に行われている実力者が集うこの会合では、自身の種族界隈《かいわい》で起こった出来事や問題点の報告などが毎回行われる。

「温泉郷で水龍が大暴れした時は、復興のために皆には迷惑をかけたけど。あの後はおとなしいもんですわ。ってか、水龍のご利益効果で前年比百五十パーセント増しで最高益になる予定やで」

『水龍の里』で温泉郷を営んでいる瓢の報告の後は、人間界とあやかし界をつなぐ鬼門の門番一族・狛犬の長である阿傍が口を開く。

「人間の大規模誘拐事件の解決後、鬼門の警備を増強した。人間界に不法侵入しようとする輩《やから》の報告は数件あったが、すべて取り押さえている。また、賄賂を受け取り侵入者を見逃す不届き者も、きつく取り締まりを始めた」

その後も、各々の管轄での報告が続く。特に大きな事件はなく、会は滞りなく進んだ。

報告の間、皆豪華な懐石料理に舌鼓を打っていたが、緊張した凛は終始箸を置いたままだ。伊吹が「凛。ここの料理はとても美味なのだ。後で折り詰めにしてもらおう」と、こそりと気遣ってくれたのが嬉しかった。

そして全員の現状報告が終わり、会もお開きになろうとした時だった。

「すまん。最後にひとつだけよろしいか」

大蛇が渋い声で言った。

報告の際は『龍族界隈では皆に伝えるべき特別な出来事はなにもなかった』と話していた。龍族には関連しない、別件だろうか。

「なんだろうか、大蛇殿」

是界が、その美しい顔に似合う涼やかな美声で尋ねると、大蛇は照れたように苦笑いを浮かべた。

「情けないことだが、わしも年を取り徐々に妖力が低下してきた。そろそろ……数年以内には、あやかし界の頭領を引退しようと考えている」

のんびりとした、耳障りのいい声だった。

最初、凛に対しては尖鋭な視線を送っていたが、現在の彼はとても朗らかな空気を醸し出している。

——鋭い目つきで私を観察していたのは、単に初対面だったからどんなあやかしなのか見定めていただけなのかな。

物腰柔らかな大蛇の様子に凛はそう考える。

そんな大蛇の肌は、緑色で鱗が生えているからわかりづらいが、よく見るとその顔には中年らしい皺が何本も刻まれている。そろそろ高齢期に差しかかる年代だと推測できた。

「ほう。大蛇殿なら、体が動くうちは務めるだろうと予想していたが。思ったよりも早い引退宣言だな」

驚いた様子もなく、伊吹が落ち着いた声で告げる。大蛇の引退の可能性もどこかで考えていたのだろう。

「うむ。そこで次期頭領について話し合いたいのだが」

大蛇の言葉に、椿が眉をひそめる。

「話し合い？　次期頭領は伊吹で決まりだろ？」

ここ数百年の間、あやかし界は二大勢力である鬼族と龍族が交互にあやかし界の頭領を担っている。人間界でも歴史の授業で学ぶほど、有名な話だ。

現・頭領である大蛇の前は、伊吹の祖父である鬼の酒呑童子《しゅてんどうじ》があやかし界の頭領だった。

その慣例を踏襲するとしたら、次のあやかし界の頭領は鬼である。また、頭領着任時は優秀な若者がふさわしいとされるため、現・鬼の頭領である伊吹の父は候補から外れている。

つまり、椿の言う通り次の頭領は伊吹のはずだ。

他のあやかしたちもそう考えていたらしく、「いったいなにを話し合うんだ？」「伊吹以外いないだろう」といった困惑の声が次々に聞こえてくる。

すると大蛇が「まあまあ皆の者。ちょっと聞いてくれ」と、一同をなだめる。

「確かに順番で考えれば次の頭領は伊吹だが。それはただ暗黙の了解が数百年も続いていたというだけで、別に龍と鬼が交互に務めなければいけないという決まりがあるわけではない」

「そうだな。法令のようなもので決定されている事柄ではない」

伊吹が同調すると、大蛇は深く頷いた。

「そうなのだ。それで大変恐れ多いのだが、わしの息子である夜刀《やと》が次期頭領に立候補したいと申しているのだ」

大蛇の言葉を聞いたあやかしたちは、動揺の色を隠せない様子だった。

皆、「次期頭領は伊吹である」と今の今まで思い込んでいたのだろう。かくいう凛も、予想外の事態に戸惑っていた。

——私も伊吹さんがそのうちあやかし界の長になるんだって思っていたけれど。ならない可能性もあるということ？

しかし当の伊吹は冷静そのものだった。

「もし複数の立候補者がいる場合、我々の集まり——実力者の会合で投票を行って頭領を決めるのだったな。確か、何十代か前の頭領決めで投票が行われたという記録があったはずだ」

心を乱された様子はいっさいなく、淡々と伊吹が言葉を紡ぐ。

「左様。そういうわけで、候補者がふたりとなったため次回の会合で投票を行ってほしいのだ」

「なるほど……。俺は構わない。まあ、そもそも俺に決める権限はないがな。今の俺は夜刀殿と同等、ただの候補者に過ぎない」

大蛇の提案を、伊吹は迷うことなく受け入れる。すると。

「まあ……。伊吹がオーケーならええんちゃう？」

「……ふん。別に頭領など誰でも構わぬ。我には関係ない」

瓢のそんな言葉と、凛が名を知らないあやかしが投げやりに言ったのが聞こえてきた。

他のあやかしたちも特に反対する様子はなかった。無表情の者が何名かいるのと、納得したように頷いている者たちが見える。

そもそも頭領が誰になるかなど興味がない者。そして次期頭領候補として最有力だった伊吹が投票を承諾しているのだから、それ以上口を挟むべきではないと考えている者に分かれているようだ。

すると大蛇は、伊吹に向かって柔らかい笑みを浮かべる。

「伊吹、恩に着る。まあ正直なところ、『最強』のお前に比べれば俺の息子はさまざまな面で劣っているから、結果は目に見えているがな。だがそれでも、頭領になりたいと言う我が子を、できる限り応援してやりたいというのが親心というものなのだ。正式な投票でお前に負ければ、夜刀も納得するだろう」

息子である夜刀に対して深い情愛を抱いていると感じられる言葉だった。たとえ敗北がほぼ決まっていても、最後の悪あがきをさせてあげたいのだろう。

――大蛇さん、家族思いの優しい方みたいだわ。私に対して目つきが鋭かったのはやっぱり少し気になるけれど。

終始柔和そうな大蛇の様子に、凛が朗らかな気持ちになっていると。

「いや……。まだ投票すら行われていないので、結果については俺からはなんとも言えんが。次回行われるということで、皆の者よいな？」

謙遜した様子で伊吹がそう告げる。

一同は頷くか無反応の者に分かれた。首を横に振っている者はいないので、承認されたとみていいのだろう。

こうして会はお開きとなった。

凛の知らないあやかしたちはそそくさと退室する者が多かったが、阿傍と瓢、八尾が伊吹と凛に話しかけてきた。

「凛、すごく緊張していたな。お疲れ様」

「そやけど頑張っとったなー。堂々と胸を張っとったやん！」

「ああ。曲者ばかりの中、よくやったんじゃねえか」

三人とも凛にねぎらいの言葉をかけてくれる。

「そうかな？　みんながそう思ってくれたのなら、よかったです……。ありがとう」

褒められて照れながらも凛が礼を述べると、三人とも伊吹とちょっとした世間話をした後、去っていった。

「では、俺たちもそろそろ帰ろうか」

「はい」

伊吹に促され、共に宴会場を出る凛。

そして料亭の仲居に見送られ帰路に就き始めた時、凛は気になっていたことを伊吹に尋ねた。

「大蛇さんの息子である夜刀さんって、どういった方なのですか？」

大蛇の人物像についてはあらかじめ聞いていたが、夜刀はさっき名を聞いただけだ。会合にも出席していなかったから、顔すらわからない。

伊吹は歩きながら答える。

「父である大蛇は、多少衰えてきているとはいえ並々ならぬ妖力の持ち主だ。全盛期の彼は酒呑童子と互角くらいの力を持っていたという話もある。しかし息子の夜刀はその才を受け継がなかったらしく、あまり強くはない。だがとても心優しく穏やかなあやかしだ。現代のあやかし界の頭領としては、そう悪くはないんじゃないかな」

まるで夜刀が次のあやかし界の頭領となることを賛成しているような伊吹の言葉に、凛は驚かされる。

「えっ……。伊吹さんは、自分があやかし界の頭領になれなかったとしても構わないのですか？」

責任感が強く、あやかしと人間の平穏を常に考えている伊吹は、てっきり頭領になる思いが深いのだと凛は考えていた。

するど伊吹は控えめに微笑む。

「うーん。正直、さっき夜刀の話を聞くまでは次は自分がなるものだと思い込んでいたから、ならなかった場合についてあまり考えたことはなかったんだ。だが、特に拒否感は覚えなかったから、俺にはそこまで強いこだわりはないようだよ。平穏なあやかし界と、人間があやかしに脅かされない世になるのなら、頭領など誰でもいいのではないかな」

あやかし界の頭領になれば、今以上の富と名声が得られるだろう。しかし伊吹はそんなことにはまったく興味がなく、ただ平和な世を望んでいるだけなのだ。

「その考え方、伊吹さんらしいですね」

「そうかな？」

「ええ、とっても」

笑みを浮かべて凛は頷く。優しく心の広い彼に、ますます惹《ひ》かれてしまった。しかし。

「まあ……。ひょっとしたらという嫌な可能性は、俺の取り越し苦労だといいのだがな」

伊吹が表情を曇らせて、意味深な口調で言った。

どういう意味か解せない凛が、聞き返そうとした時。

「嫌な可能性？　取り越し苦労ってなんだよ、伊吹」

背後から突然間延びした声が聞こえてきて、凛はびくりと身を震わせてから振り返った。しかし伊吹は背後を確認せずに深く嘆息する。

声の主は、会合にも出席していた椿だった。いつものように虫も殺さぬような笑みを浮かべながら、ふたりの隣に並ぶ。

「つ、椿さん。いつからそこに……」

「まったく。背後にお前の気配があるとは思っていたが、せっかく凛とふたりで話していたから無視していたのに。空気読めよ、椿」

椿の存在にまったく気づいていなかった凛だったが、さすがに伊吹は気取っていたらしく呆れた顔をしている。

「あれー。気配を殺していたつもりだったのに。やっぱ伊吹はわかってたか」

「当たり前だ」

「まあ確かに、伊吹の背中の威圧感半端なかったもんなー」

のんびりと言った後、椿は「ふふっ」と小さく笑い声を上げ、こう続けた。

「いやー。ラブラブそうに寄り添って歩いていたもんだから、ちょっかい出したくなっちゃってね～」

「また余計なことを……。そうだ、椿。さっきの『取り越し苦労』の話でお前に尋ねたいんだが」

言葉の後半、伊吹は声のトーンを落として真剣そうな口調で言った。

「なーに？」

「今回行われる選挙だが、なにか裏があると思うか？」

伊吹が尋ねると、椿は数秒間黙考した後、口を開いた。

「長年、平和にあやかし界の頭領をやってた大蛇の様子から考えると、その可能性は薄いんじゃないかな」

「薄い……か。しかしゼロではないというわけだな」

「まあね」

椿が不敵に微笑む。

「どういう意味ですか？」

ふたりの名だたるあやかしの会話についていけず、怪訝《けげん》な顔をして凛は尋ねた。

「凛、実はな。会合の前に、念のため大蛇について俺は調べてみたんだ。すると頭領に任命される以前は、人間嫌いかつ気性の激しいあやかしとして有名だったんだよ」

「えっ、そうなのですか」

会合での柔らかな大蛇の様子からは、まったく想像できない過去だった。

「へえ、そうなんだ。大蛇が頭領になったのって、もう五十年以上前だもんねー。俺もそんな昔の話は知らなかったな」

　と、感心した様子の椿。

「うむ……。龍族に楯突《たて》いたあやかしを種族ごと滅ぼしたっていう噂もあったようだよ。年齢を重ねて考えが変わっていったのかもしれないが、もし大蛇の本性が苛烈な性格だとすると……。あやかし界の頭領として収まるために、平和主義を装っていた可能性が少なからずある」

「種族ごとですか⁉」

　凛は驚きの声を漏らした。

　今日見た大蛇は自分に向ける眼光こそ鋭かったが、しゃべり口は穏やかそのもの。息子への深い愛すら感じられたというのに。

　──大蛇さん、過去にそんな行いをしていたかもしれないなんて。とても懐が深そうな方だな、なんて安易に思ってしまったわ。

　たった少しの時間優しそうな振る舞いを見ただけで、いい人そうだと判断した御しやすい自分自身を反省した。

「なるほどねー。息子を後釜に据えて自身の権力を強めた後、なにかとんでもないことをしでかそうと企んでいるのかもって伊吹は考えているわけね」

「そうだ。……たぶん、俺の取り越し苦労だろうが」

察しの早い椿の言葉に、伊吹が頷く。

「まあ可能性は低いけど、ないとは言い切れないね。ちなみに伊吹は具体的にどんな予想をしているわけ」

「大蛇が人間嫌いだとすると、やはり古来種とのつながりがあるのではと」

古来種とは、人間を蹂躙《じゅうりん》するのが本来のあやかしの姿だと信じて疑わない一派のことだ。あやかしと人間が平等とされる現状に反発し、異種共存宣言を撤回しようと企んでいる輩もいるらしい。

「確かに、龍族たちって自分たちがもっとも崇高であり、人間は下等だって決めつけてる奴ばっかだもんね。もともと古来種寄りの考えの持ち主ではあるなあ」

椿が眉間に皺を寄せた。

「まあ例えばの話だがな。何十年もずっと人間とあやかしの関係をよりよくしようと尽力していた大蛇が、今さらそんなことを企むとは考えにくい。しかし、ほぼ敗北が確定している選挙などやりたいと思うだろうかと、どうしても引っかかってしまったのだ。息子が望んでいるからという言い分だったが、そんな自己都合で会合の皆を巻き込むのも不自然に感じる」

「なるほど。それで俺に頼みたいのは、大蛇に裏から探りを入れてくれってことだね？」

「さすが、話が早くて助かる」

神妙な顔をする伊吹に、椿はどこか裏があるような意味深な笑みを浮かべた。

「まあ、そういうのは俺の十八番だからね。いいよ、やってあげる」

「ああ、助かるよ。本当に、俺の考えすぎだといいのだが」

「まあ状況的にたぶんんそうだけどさ。念のための可能性に注意するのは、さすが伊吹だね～」

この話題になってから終始深刻な面持ちをしていた伊吹に対し、椿は軽い口調だ。なぜか少し楽しげにも見える。

もともと、裏社会で名を馳せていた椿である。ある目的のため、古来種一味として暗躍していたこともあるし、表には決して出ない情報もいち早く手に入れられる環境にいる。ひょっとしたら、伊吹のために自分の得意分野で動けることに喜びを見出しているのだろうか。

「椿さん、私からもよろしくお願いします」

「任せて～。なんたって俺、凛ちゃんの同胞だし」

凛が頭をぺこりと下げるも、椿はやはり飄々《ひょうひょう》とした様子だった。相変わらず掴《つか》みどころのない男である。

同胞となった今は心強いが、よくこんな裏側の世界を牛耳っていた相手と少し前までやり合っていたなあと、凛は感慨深い気持ちになった。

——大蛇さんに夜刀さん。そして次期頭領を決める投票、か……。

自身のお披露目の場だと思っていた会合で、まさかこんな予期せぬ展開になるとは。

ただ話についていくのだけで精いっぱいだった。

鬼の若殿の伴侶として、何事にも動じず、冷静にものを考えられる胆力が欲しいなと、密かに凛は願うのだった。

第二章　弓の乙女と鬼の父

凛のお披露目が行われた、実力者の会合から数日後。

紅葉が経営している甘味処でのアルバイトの帰り、凛は考え事をしながら、お伽仲見世通りを歩いていた。

あの後、椿からはまだなんの連絡もない。

伊吹は『きっとまだ、これといって情報を得られていないのだろう。俺が無用な心配をしすぎただけなのかもしれないしな』と話していた。

――本当に、ただ夜刀さんの思いを尊重して大蛇さんが選挙をしたいと申し出ただけだといいのだけど。

古来種派には、妹を誘拐されたり友人のあやかしに呪いをかけられたりと、散々な目に遭わされている。次期頭領決めの件には彼らがいっさい関わっていませんようにと、ここ数日凛は切に願っていた。

その時、パーンという竹が割れるような音が聞こえた後、コンッとなにかがぶつかり合うような小気味よい音が響いてきた。

どこか風流な音に心地よさを覚えた凛は、音がした方へ首を向ける。

お伽仲見世通りに面する形で金網が設置されていて、中には開けた空間があった。

――弓道場、よね？

空間の端には丸い的がいくつか立ててあり、的の反対側には壁のない瓦屋根の平屋があった。

そして平屋の床の上には、ひとりのあやかしの女性が弓を構えていた。

あやかしの年齢は人間と違って外見ではわかりづらい。しかし頭頂部に生えた二本の黒い角と雪のように白い肌以外、日本人と大して変わらない容姿の彼女は、まだうら若そうに見える。

見た目だけで判断すれば、二十歳前後と思われた。

藤色の艶やかで長い髪は、頭の高い位置でひとつにまとめられている。彼女とは十メートル以上は離れているというのに、長いまつ毛が影を作り、すっと通った鼻筋が美しいのがわかる。髪と同色の神秘的な瞳は、まっすぐに的に向けられていた。

黒い袴《はかま》を風にはためかせ、胸をピンと張って弓を引く彼女の姿は、なんとも凛々しかった。

その美麗なたたずまいと、文字通り射抜くような眼光に、凛は立ち止まりただ見惚《みほ》れてしまう。

彼女の弓から放たれた矢は、的のど真ん中に見事に命中した。その後、何本も弓を放つが、すべての矢が的の中心に突き刺さる。

「すごい……」

凛は思わず呟いた。

するといきなりその女性が凛の方を向いた。目が合い、こっそり見ていたつもりの凛はドキリとする。

「ふふ。あなた、さっきから見てくれているわね」

彼女は優しそうに微笑んだ。

咎められるかも、と覚悟していた凛はホッとする。

「す、すみません……。とてもかっこよくて素敵で、つい見入ってしまいました」

照れ笑いを浮かべながらも、正直に思いを伝えると。

「まあ、かっこよくて素敵だなんて。ありがとう」

女性は嬉しそうに笑って、凛の方へと駆け寄ってきた。

「弓道に興味を持ってくれる女性ってなかなかいないから、嬉しくなっちゃった。私は麻智《まち》っていうの。あなたは？」

「凛と申します。弓を構える麻智さんが本当に凛々しく美しくて、惚れ惚れいたしました。弓道のことはよくわかりませんが、とても繊細な弓さばきで高い技術力をお持ちなのですね」

予想以上に気さくな麻智の話しぶりに警戒心が緩んだ凛は、すらすらと称賛の言葉が出てきた。

「凛って褒め上手ね。まあ、私は小さい頃から弓道をやっているからそれなりに腕に自信はあるけれど。でも実は、力も運動能力もそんなに必要なくて、女性にぴったりのスポーツなのよ。コツさえ掴めば、初心者でもぐんぐん上達するしね」

「へぇ……」

麻智が持っている、彼女の身長より長い弓をマジマジと眺める凛。

ただ麻智のかっこよさに目を奪われただけだったが、彼女の説明を聞いて弓道自体に興味が湧いてきた。

「ねぇ、凛。よかったらあなたもやってみない？」

そんな凛の様子を察したのだろうか。麻智が誘ってきた。

「えっ、私がですか？　で、でも私、弓を触ったこともなくって……」

「大丈夫よ。女性に向いているし、初心者でも上手になれるって話したでしょ？　さ、弓道場に入ってきて。私が教えるから」

遠慮する凛だったが、麻智は瞳を輝かせて強く勧めてくる。本当に、凛が自分を褒めたことに気をよくしたのだろう。

そんなふうに言われたら断るのも悪い気がして、凛はおずおずと弓道場の敷地へと入った。麻智についていく形で、下駄を脱いで平屋の床へと上がる。

「まずは習うより慣れよ、よ。とりあえずやってみましょ。矢を誰かに向けないのと、弦で体を打たないように気をつければ大丈夫だからね」

いきなり自分の弓と矢を渡してくる麻智。

最初は説明から入ると思い込んでいた凛は少し驚いたが、美しい弧を描く弓に触れてみたい気持ちはあったので、「は、はい」と答えながら弓矢を受け取った。

そして、先ほど麻智が弓を射っていた様子を脳裏に蘇《よみがえ》らせ、見よう見まねで弓を引いてみる。

すると麻智が「もっと胸を張るのよ」とか「足の幅は肩幅より広いくらいにね」とか、いくつかアドバイスをしてくれた。注意すべきポイントは想像以上に多い。

「うん、なかなかいいわ。よし、打ってみて」

麻智に促されたので、凛は弓から矢を放った。

しかし矢は的にまでは全然届かず、その遥《はる》か手前の地面に刺さってしまう。

——姿勢と集中力が大事なのね。やっぱり私には難しいわ。

矢の落下位置に苦笑いを浮かべていると。

「初めてにしては筋がいいじゃない。凛、上手よ」

麻智は満足げに微笑みながら褒めたたえてくれた。全然そうは感じていなかった凛は、きょとんとしてしまう。

「えっ、本当に？」

「ええ。最初はほとんどの人はあそこまで飛ばないし、凛はもともと姿勢がいいから、腰の入り方もよかったわ。集中力もなかなかあるみたいね」

うんうんと頷きながら、褒めちぎってくれる麻智。

――姿勢がいい？　集中力もなかなかある？　そ、そうなのかな……？

そんな自覚はまったくない凛は、麻智の言葉が信じられない。彼女こそ、褒め上手なのではないか。

しかしそういうふうに言われて、もちろん悪い気はしない。それに、矢を放つ瞬間は存外に爽快感を覚えた。想像していた以上に楽しい。

「ありがとうございます。あの……もう一回やってみてもいいですか？」

「もちろんよ。手取り足取り教えるから、好きなだけやってちょうだい」

控えめにお願いする凛だったが、麻智は微笑んでそう答えた。やはり、凛が弓道に関心を示したことが喜ばしいようである。

その後、麻智に指導されながら凛は何本か矢を放ったが、結局矢が的まで届くことはなかった。一本目よりも近い場所に落ちてしまったり、狙った方向に飛ばなかったり。だがしかし。

――弓道、すごくおもしろい……！

神経を研ぎ澄まして的を狙う時の緊張感。矢を放った時の小気味よさ。

狙った方向にはまだまったく飛ばないが、次はどうすればよくなるのかと考えるのも、やりがいを感じる。

思えば、あやかし界に身を置いてから、運動らしい運動をするのは初めてだ。

御朱印集めに奔走していたから体を動かしていないわけではなかったが、ただ単純にスポーツを楽しむ、という行為は久しぶりだった。

——久しぶりというか。楽しく運動をして汗を流すのって、考えてみたら生まれて初めてかも。

人間界にいた頃は、家事や雑用を任され毎日体を酷使していたので、スポーツどころではなかった。学生時代に学校で体育の授業はあったが、クラスメイトからは爪《つま》はじきにされていたので楽しい思い出など皆無だ。

体を動かし、目標に向かって練習するのがこんなにも深い爽快感を覚えられるとは。

人間界にいた頃の自分はそんな感情を知る機会すらなかったことを思うと、改めて伊吹に感謝の念を抱いた。

しばらくの間、夢中になって弓を引いていた凛だったが。

あまり力を必要としない競技だと麻智は説明していたものの、やはり弓を引くのはそれなりに筋力を使うようで、次第に腕に痛みを感じてきた。

「もう疲れてしまって、力が入らなそうです」

苦笑を受かべ、麻智に告げる。

「じゃあこの辺で終わりにしましょうか。だけど本当に、一日目にしては上出来よ。凛はきっと上手になるわ」

「そうですか……？」

的に一度たりともかすりもしなかったというのに。

他の初心者の出来がどれくらいなのかはわからないので、麻智の褒め言葉はいまいちピンとこない。

「ねえ、よかったらまたここに習いに来ない？」

そんな凛に向かって、麻智は親しげに微笑みながらそう提案した。

「え？」

「私ね、普段はもっと遠くに住んでいるんだけど、あと一カ月くらいはこの辺に滞在している予定なの。その間はここの弓道場に通うつもりよ。凛さえよければ、一カ月だけ私に弓を教わりに来たら？」

美しい瞳をキラキラと輝かせながら麻智が告げる。

自分が弓道に向いているかどうかはまだ半信半疑だったが、弓矢を扱うのが楽しかったのは事実。それに麻智は落ち着いているが親しみやすく、話していてとても心地いい。

教え方もとても上手だったし、凛が何度か同じ失敗をしても苛立《いらだ》った様子を見せずに優しく振る舞ってくれた。

「いいのですか？　すごく楽しかったので、麻智さんがよろしければぜひ……！　あ、指導料をお支払いしますね」

今日は麻智に勧められて弓道場へと入ったが、継続して彼女から教わるのなら対価を支払わなければなるまい。

すると麻智は勢いよく首を横に振る。

「いいのよそんなの」

「えっ、ですが……」

「私が教えたくて教えるんだから。それに、弓道仲間が増えて嬉しいの。ひとりで集中して的に向かうのももちろん楽しいけれど、やっぱりずっとひとりきりじゃ寂しいじゃない？　むしろ私が凜にお礼をしたいくらいよ」

朗らかに微笑みながらの麻智の言葉は、おそらく本心だろう。凜が金銭を渡そうとしても、彼女はきっと受け取らないに違いない。

──だけど、こんなに親切に教えてくれるのなら、なんらかのお礼はしたいな。練習の後に麻智さんを食事やお茶などに誘ってみて、そこで飲食代をごちそうさせてもらおう。

密かにそんなことを考える。もちろん、今ここで提案したら遠慮されてしまうので、その時が来るまで黙っておくが。

「そんな、お礼だなんてとんでもないです。……本当にありがとうございます。弓道、とてもおもしろかったのでまた麻智さんに教えていただけるなんて嬉しいです」

「じゃあ決まりね。私、だいたい昼間はここで練習しているから、凜の好きな時間に来てね」

心から嬉しそうに麻智は言った。

昼間はほとんど弓道場にいるということは、彼女はひたすら弓の腕を磨いているのだろうか。

――やっぱり、毎日鍛錬を積まないとあんなふうに上手にはなれないのね。

素人目だが、すでに麻智はかなりの弓の使い手に見える。それでもさらに上を目指そうとする彼女の姿勢に尊敬の念を抱いた。

「一カ月間よろしくお願いいたします、麻智さん」

「ええ。よろしくね、凜」

麻智と笑みを浮かべて挨拶をかわし、凜は弓道場を後にした。

「ただいま帰りました」

凜がいつものように挨拶をしながら玄関の扉を開けると、式台の上で仁王立ちしていた伊吹の姿が飛び込んできた。

いつもなら伊吹がこんなふうに待ち構えていることはないので、凛が驚いていると。

「凛……！　おかえり。遅かったな……！」

切なげに声を漏らすと、伊吹は凛の方へと駆け寄り、ぎゅっときつく抱きしめてきた。

「え……あ。伊吹さん、あ、あの……」

いきなりの抱擁に胸が高鳴り、顔を火照らせながらも、凛はなんで伊吹がこんなに自分の身を案じていたのだろうと思案する。

――あ。そういえば、家を出る時に伊吹さんに告げた帰宅時間よりも、二時間も遅くなってしまったわ。

いつもはアルバイトを終えてまっすぐ帰っていたのだ。伊吹が心配するのも無理はない。

「帰宅が遅くなってしまいすみません。ちょっと寄り道してしまって……。次からはこんなことないようにしますね」

麻智のところに行く時は、あらかじめ伊吹にもそれを伝えておかなくては。

そんなふうに考えながら抱きしめられたまま凛が告げると、伊吹はやっと凛を解放した。バツが悪そうに微笑んでいる。

「あ……いや。凛も大人の女性だし、俺もあまり縛りつけたくはないのだ。アルバイトの帰り道に、急にどこかに寄りたくなることだってあるだろう」

「えっと、私は」

「ああ、しかしつい過度に心配してしまうのだ。凛が大切すぎて……。いや、でもいいんだ。夜遅くならないのであれば、凛の自由にしてくれ。俺は凛を束縛したくない……！」

まるでなにかを振り切るかのように、伊吹が必死な様子で凛に告げる。

――なんだかよくわからないけど、あまり伊吹さんに心配はかけたくないかな。

「今まではあまりなかったですが、確かに私も急に予定が変わる場合があるかもしれませんね。もし家を出る時にお伝えした帰宅時間よりも遅くなる時は、ご連絡します。それなら私も気兼ねなく寄り道できますし、伊吹さんもあまり心配しなくて済むのかなと」

控えめに笑って告げると、伊吹はパッと瞳を輝かせた。

「それはいい……！　凛の負担でなければ、ぜひそうしてくれ」

「はい」

とりあえず伊吹が安心してくれたようでよかったと、凛もホッとする。

「ところで、今日はどこかに寄っていたのかい？　……あ、いや。これも教えたくないなら別に言わなくてもいいのだが」

「あ、実はですね……」

特に伊吹に隠すつもりはなかったので、アルバイトの後に起こった出来事について下駄を脱ぎながら説明しようとした凛だったが。

腕に力を入れようとしたら、ずきりと二の腕が痛んで「うっ……」と小さく呻《うめ》いてしまう。さらに片足を上げている状態だったので、バランスを崩しそうになった。

「おっと。大丈夫か？」

転びそうになった凛を、伊吹がふわりと抱きかかえてくれた。

突然感じた夫の温もりに、凛はまたもやドキリと胸を高鳴らせる。

「あ……ありがとうございます」

もう夫婦になって何カ月も経つというのに、少しの触れ合いで性懲りもなく凛は顔を赤らめてしまうのだった。

そんな凛を愛おしげに伊吹は眺めていた。そして靴を脱いで式台に上がった凛に、「もしかして腕が痛いのか？」と声をかける。

少し凛の様子を見ただけでそれに気づくとは。さすがの観察眼である。

「あ、はい。少しですが」

「なに!?　どこかにぶつけたのかっ？　痣になったら大変だ！　早速手当てをしなけ

れば……！」

狼狽《ろうばい》した様子の伊吹。だいたいいつも冷静沈着な彼だが、凛のこととなると心が乱れる。

凛は慌てて首を横に振る。

「ち、違います伊吹さん。ぶつけてはいませんから。ちょっと腕を使いすぎてしまって、単なる疲労です。明日は筋肉痛がひどそうですが……」

「筋肉痛……？　紅葉の甘味処の仕事が忙しかったのか？」

打撲の可能性がなくなり伊吹は落ち着きを取り戻したようで、凛と共に廊下を並んで歩く。

「いいえ。実は、アルバイトの後こんな出来事がありまして――」

伊吹の隣を歩きながら、凛が弓道場での出来事についてかいつまんで説明すると。

「ほう、弓道か。確かに弓の達人の動きはとても美しいものな。凛がその方に見惚れる気持ちもわかるよ」

「ええ、そうなのです！　その麻智さんというお方がとてもかっこよくて、優しく教えてくれて。すごく楽しい時間でした」

伊吹に同調してもらえたのが嬉しくて、凛は弾んだ声を上げる。

「麻智さんという方の言う通り、弓道はそんなに筋力がなくても上達する競技だ。興味が持てるものに出会えてよかったな、凛。上手になるよう、俺も応援するよ」

「はい、ありがとうございます！」

「うむ。だが、弓矢は武具だから、扱いには十分気をつけるのだぞ」

それについては、麻智からもしっかり指導されている。

基本的に麻智はのびのびとやらせてくれたが、危険を伴いそうな行為を知らず知らずのうちに凛が行おうとした時のみ、ぴしゃりと注意してくれた。

「はい、注意します」

廊下でそんな話をした後、ふたりで居間へと入った。

ちゃぶ台には鞍馬がついていて、いつものようにスマホをいじっていた。今日は椿たちが来訪しておらず、心なしか退屈そうである。

しかし凛の帰宅に気づくと、スマホから顔を上げて笑顔を向けてくれた。

「凛ちゃんおかえり～」

「鞍馬くん、ただいま」

「そうだ、凛。さっき鞍馬と話していたんだが、俺も凛も休みである三日後に、三人で出かけようと思っているんだ」

鞍馬に向かい合う形で伊吹がちゃぶ台につく。凛もその隣に腰を下ろした。

「お出かけですか？　どちらへ」

「俺たちの父の家だ。凛はまだ父──大江《おおえ》とは会ったことがなかったな」

「伊吹さんたちのお父上……！」

突然のまったく予想していなかった提案に、凛は驚いた。

伊吹の父といえば、現・鬼の頭領である。だが、あまりに自由人すぎて頭領の業務を面倒がり、伊吹が成人した頃に仕事を押しつけて田舎に隠居してしまったのだと以前に聞いた。

凛があやかし界での生活に少し慣れた頃、そういえば両親に挨拶しなくていいのかと気になって伊吹に尋ねた覚えがある。しかし伊吹には『俺の母はもう亡くなっているし、父は自由気ままな人だから堅苦しい挨拶は必要ないよ。まあ、いずれ会う機会を作るつもりだがな。あの人は究極の放任主義なんだ』と答えられ、挨拶する機会はすぐに設けられなかった。

そして伊吹の父であるということは鞍馬の父でもある。

彼らは異母兄弟であり、あやかしは基本的に母親の種族が子に遺伝するため、伊吹は鬼、鞍馬は天狗なのだった。

ちなみに鞍馬の母・天逆毎《あまのざこ》は大江の後妻だったが、何年も前に離縁しているので彼はひとり暮らしをしているのだそうだ。

「父は世捨て人だし、俺たちもなにかと忙しかったから彼に凛の紹介をするのは後回しにしていたのだが。会合で親族以外のあやかしたちに凛をお披露目したのに、実の父に挨拶せずにいるのは、さすがにどうかと思ってな」

「俺も父さんに会うのは久しぶりなんだ。楽しみだな～！」

伊吹が今回の訪問の理由を語った後、鞍馬はうきうきとした様子で明るい声を上げる。父をとても慕っているようだ。

だが、それに引き換え伊吹はというと。

「ああ、鞍馬が来てくれるのは助かるよ。その方が俺も疲れないからな」

苦笑いを浮かべていた。

鞍馬と比較すると、伊吹は父と会うのをそう楽しみには思っていない様子である。

——伊吹さんはお義父さまを嫌っている？　ううん、それとはまた違う気がする。苦手……って感じなのかな？

「伊吹さんはお義父さまとお会いすると疲れてしまうのですか？」

凛が抱いた疑問を単純に口にすると、伊吹は気まずそうな面持ちになる。

「まあそうだな……。嫌悪しているとか、会いたくないとか、そういうわけではないんだが。ちょっと俺とは合わないというか。うーん、説明が難しいな」

それを聞いていた鞍馬が「あはは」と笑い声を上げた後、こう続けた。

「父さんはテンション高いパリピだからなー。落ち着いている伊吹とはそりゃ合わないよね」

「パリピ……？」

ノリがよく明るい者たちを表す若者言葉だったと思うが、あまりそういう人やあやかしとは関わった経験がないため、凛はいまいちピンとこない。

「まあ、とりあえず父に会ってみれば凛もその意味がわかる。気のいい人だし歓迎はしてくれるはずだ」

「はあ……。わかりました」

彼らの父がどんなあやかしなのかうまく想像できなかったが、伊吹の実の父なので自分の義父に当たる。

――なんだか緊張してきたわ。ちゃんとご挨拶しないと。

とにかく失礼がないように気を配らなくてはと、凛は心構えをするのだった。

伊吹と鞍馬の父である大江の元を三人で来訪するという予定を立ててから、三日後のこと。

伊吹の自宅近くの最寄り駅から、蒸気機関車に揺られて二時間。下車した駅からさらに三十分ほど歩く。

一同は、木々の生い茂る山道を進んでいた。

鳥のさえずりや風で揺れる樹木の葉の爽やかな音が常に鳴っている、山奥だった。先ほど目にした湧き水の流れる小川の透明感の、なんと美しいことか。

息を吸えば、清涼感のある森林の空気が肺を満たす。

都会から離れているため、決して便利とはいえないだろう。しかし穏やかな気持ちに浸らせてくれる、静かでとてもいい環境だ。

「とても美しいところですね。心が洗われるようです。空気もとってもおいしいわ」

凛が深呼吸をしていると、鞍馬が苦笑を浮かべる。

「まあね。でも都会まで遠すぎるんだよー。近所にカフェもショッピングモールもないここに住むのは無理だなあ。電波も入りづらいし。こういうとこは、旅行とかでたまに来るに限るよねー」

「まあ確かに少し不便かもな。俺は嫌いじゃないが、鞍馬は長くはいられなそうだよな」

伊吹が呆れ顔で言う。確かに流行大好きの鞍馬は、田舎住まいなど耐えられないだろう。

「私は自然に囲まれた場所は好きですが、ひとりで住んだとしたら寂しくなりそうです。お義父さんはそういうのは感じないんでしょうか？」

「父さんに限って寂しいとかないない！　ひとりで気ままが一番の人だからね」

凛が問うと、鞍馬が笑って答えた。伊吹も深く頷いている。

「そうなのね……」

——聞いてはいたけど、本当にとてもマイペースな人みたいね。お邪魔して大丈夫かな……。

そんなふうに考えていたら、少し開けた場所に出た。

民家が数十件と手入れされた田畑が並ぶ、小さな集落だった。大江の家は、この集落内の一軒らしい。

人間界の世界遺産に登録されているような合掌造りの家の前にたどり着くと、伊吹が口を開いた。

「着いたぞ。ここが俺たちの父の家だ」

「ここが……。随分趣のあるお家ですね」

伊吹の家も外観は純和風だが、決して古いわけではない。瓦葺《かわらぶ》き屋根と外壁の色合いは美しく、池や灯籠が配置されている庭は整然としており、モダンで洗練されたデザインの日本家屋だ。

しかし大江の家は、昔話にでも登場しそうに思えるほど古めかしい。清潔感は感じられるため手入れは行き届いているようだが、ここ数十年やそこらで建てられたものではないと推測できた。

おそらく、築数百年の古民家を買い取ったのだろう。

そんなふうに凛が考えていたら。

「おっ！　伊吹と鞍馬じゃーん。意外に早かったな～」

背後から、間延びした男性の声が聞こえてきた。

凛が振り返ると、甚兵衛姿の男性が立っていた。右手には長い弓を持ち、背には矢が数本入った矢箱を背負っている。そして左手にはその弓矢で仕留めたらしい野鳥が握られていた。

漆黒の頭髪に赤い瞳、非の打ちどころのないほどに整った顔立ちに、凛は思わず見惚れてしまう。

どこか鋭さを感じさせる伊吹よりは穏やかな面立ちをしているが、全体的な顔の造形は伊吹にそっくりだった。優しい目元は、鞍馬に似ているとも言える。

そして彼らの父にしては、大層若く見える。どんなに多く見積もっても、四十歳には届かない。

――鬼は人間より寿命が長いし、確か老化が始まるのも遅いのよね。たぶん、外見年齢より上なんだろうけれど。

「父さん、元気だった～？」

「久しぶりだな、父上」

鞍馬が明るい声で大江に駆け寄ると、伊吹もその後に続く。

父に苦手意識がありそうな伊吹だったが、なんだかんだで慕ってはいるのだろう。顔には朗らかな笑みが浮かんでいる。

「おー、俺はのんびり気ままにやってたぜ。ふたりも相変わらず元気そうじゃん。……ってか、その子が伊吹の嫁の凛ちゃんか～？」

大江の視線が自分に向けられ、挨拶が送れてしまったと慌てて凛は口を開く。

「あ……。申し遅れました、凛と申します。ふつつか者ですがどうぞよろしくお願い――」

「凛ちゃん、そういう堅っ苦しいのはいらねーから！　緊張しなくていいからさ～。つーか凛ちゃんめっちゃキュートじゃね？　やるなぁ！」

気さくそうに微笑み、人間界の若者のような言葉遣いで大江が言う。これが俗に言う、パリピという種族なのだろう。

その瞬間、伊吹が父とは合わないと話していた意味をなんとなく凛は悟った。

「え、あ……」

こういったテンションの者とはあまり関わった経験がない凛は、どう受け答えをしたらいいかわからず言葉に詰まってしまった。

「もう、父さんは相変わらず言動がチャラいんだからー。凛ちゃん反応に困っちゃってんじゃん」

「すまん凛。まあ正直俺もこういうノリは苦手だが」

凛にフォローを入れてくれる鞍馬と伊吹。

——確かに伊吹さんは疲れるだろうなあ。親子なのに全然性格が違うのね。とても不思議だわ。

なぜこの父から冷静沈着な伊吹が育ったのだろう。深い謎である。

「えっ、わりーわりー。凛ちゃん、緊張せずいつも通り楽にしてなっ。俺を実の父親みたいに思ってね！」

「は、はい」

大江の独特な雰囲気に気圧《けお》される凛だったが、彼の言葉はとても嬉しかった。

——実の父親みたいに、か。

ふと、最近は思い出すことも減ってきていた本当の父親の顔が頭に浮かんだ。自分を欠片《かけら》も愛してくれなかった血のつながった父を。

凛が夜血の乙女と発覚する以前、父が笑顔を向けてくれたり、優しい言葉をかけてくれたりした記憶はいっさいない。顔を合わせれば露骨に不快そうな顔をされ、かわす言葉は雑用の申しつけか、瞳の赤い凛を貶める発言のみだった。

鬼の若殿の生贄《いけにえ》花嫁に捧《ささ》げられると決定した後は、気味が悪いほど凛にすり寄ってきたが、それは夜血の価値に目が眩《くら》んだに過ぎない。鬼の若殿に血を吸われて死ぬ予定だった凛に対して、悲しみや憐《あわ》れみを抱いている様子は皆無だった。

父は、出来損ないである娘の命の行方など気にも留めず、ただ夜血の乙女の家族に対して支払われる政府からの報奨金に興奮しているような、欲深い人間なのだ。

しかし伊吹や鞍馬が慕っている大江なら、きっと凛も大切に扱ってくれるだろう。

またひとり信頼できる家族が増えたのだと、心から喜ばしかった。

簡単な挨拶が済んだ後、大江は自宅に三人を迎えてくれた。囲炉裏《いろり》が中心に設置されている、情緒ある空間だった。

大江は三人に茶菓子を振る舞った後、囲炉裏に火を起こし「三人が来るから牡丹鍋《ぼたんなべ》を仕込んでたんだぜ」と大きな鍋を火の上に吊《つ》るした。そして炊事場で、狩ったばかりの鳥を手際よくさばいていく。

「なにか手伝います」と凛は声をかけたが。

「いーっていーって！　凛ちゃんはふたりと座っててくれよ。娘に俺の手料理を食べさせたいってわけよ」

と、軽い口調で断られてしまった。

義父を働かせてしまい申し訳ない気持ちになるも、そう言われてしまえば仕方がない。伊吹と鞍馬と共に、茶をすすりながら料理ができるのを待った。

すると三十分ほどして、大江が大皿をふたつ持って炊事場から戻ってきた。

「よーしできた！　これが野鳥の焼鳥と、裏の畑で取った野菜サラダだ。牡丹鍋もそろそろできあがるかな？」

大皿には、タレがたっぷりかかった香ばしい匂いを放つ焼鳥に、見ただけで新鮮とわかるサラダがのっていた。

遠路はるばるやってきたためか、ちょうど強い空腹感を覚えていた凛にはとても魅惑的な料理に見えた。

「大江さんのお料理、とてもおいしそうですね……！」

思わず正直な感想が出る凛だったが。

「えっ、マジ嬉しい！　でも凛ちゃん、大江さんなんて他人行儀な呼び方はやめてくれよ」

「え？」

「お、俺のことはお義父さんって呼んでほしいな……！」

大江が恐る恐るといった様子でお願いしてくる。

確かに関係上は義父で間違いないが、出会って数十分の相手を『お義父さん』と呼ぶのは気が引ける。

すると伊吹が凛の困惑を察したのか、呆れたように笑いながらこう告げた。

「凛……。もし嫌じゃないなら、呼んでやってくれないか。父はずっと娘が欲しかったらしいから」

「そうそう。『お前らふたりももちろんかわいいけど、女の子も欲しかったな～』ってよく言ってたよね。父さんの願いを叶《かな》えてやってよ」

苦笑いを浮かべる鞍馬にもそう促されてしまった凛は、おずおずと口にする。

「お、お義父さん……」

途端に目をキラキラと輝かせる大江。

「うっわ嬉しい！　そしてすげーかわいいんだが？　凛ちゃんさえよければここにずっといてくれて構わないんだぜ!?」

「おいそれはダメだ。父上なんかと一緒にいたら、凛のパワーがあなたに吸い取られてしまうだろ」

渋い顔をして伊吹が待ったをかける。

――た、確かに。優しいお義父さんができたのは嬉しいけど、常にこの感じの人と暮らすのは、疲れちゃうかも。

どうやら凛も伊吹と同じ感覚の持ち主だったらしい。コミュニケーション能力の高い鞍馬は、平気なようだが。

すると大江は大げさに口をとがらせた。

「まったく、相変わらず伊吹は根暗だな。ま、いーやとりあえず食べようぜ！」

「やったー！　いただきまーす！」

鞍馬が意気揚々と箸を取った。伊吹と凛も声を揃えて「いただきます」と挨拶し、それに続く。

焼鳥も牡丹鍋の肉も、驚くほど美味だった。

日常的に食べる焼鳥よりも弾力があり、甘辛いタレと共に肉本来の新鮮な甘味が伝わってくる。

また、猪肉《いのししにく》は臭みが強いとどこかで聞いた覚えがあったが、この牡丹鍋からはまったく感じない。豚肉よりも脂が多いにもかかわらず、さらりとしていて口の中で溶けていき、濃厚な肉の旨味が口内にじんわりと広がった。

野菜サラダは、みずみずしく小気味よいほど歯ごたえがあった。手作りらしい薄味のドレッシングがかかっており、その控えめな味が野菜本来の甘味を引き立てている。

「うまい。相変わらず父上のジビエ料理は絶品だな」

「ほんと！　店開けるレベルだよねー、マジ」

伊吹と鞍馬の称賛に、大江は嬉しそうに微笑む。

「褒め上手だな、ふたりとも！　でも店とかやったら面倒なこと増えんじゃん？　俺は気ままに暮らしたい奴だから。自分の気が向いた時に食べたり、こうしてたまにお前らに食わせたりするだけで満足なんだよ」

――大江……いえ、お義父さんって本当に自由を愛する世捨て人なのね。

今の彼の言葉から、改めて凛は実感した。

「本当にとってもおいしいですね」

「マジでか⁉　やっぱり女の子に言われると嬉しさもひとしおだなっ。好きなだけ食べていいぜ！」

凛が感想を述べると、大げさに喜びの感情を露わにする大江。

「は、はあ。ありがとうございます」

義父の勢いにたじたじになりながらも、微笑んで答える。

その後も、終始オーバーな大江のリアクションに凛が少し戸惑ったり、息子と父親の近況報告などがひと通り行われたりして、和やかな時間が過ぎた。

そして食事が一段落した時、大江は目を細めてどこか懐かしそうに凛をじっと見つめてきた。

「やっぱり同じ夜血の乙女だからかなあ。茨《いばら》さまにどことなく雰囲気が似てるよなあ、凛ちゃんは」

実の父親である大江には、結婚の際に伊吹が凛の素性を包み隠さず伝えている。

つまり凛が夜血の乙女であり、あやかし界では珍しい人間であると大江はとっくに承知しているのだった。

茨さまとは、伊吹の祖父である酒呑童子の妻として知られている茨木《いばらき》童子のことだ。人間界では鬼と周知されていた茨木童子は、実は凛と同じ夜血の乙女であり、人間であった。凛もあやかし界を訪れてから、伊吹に聞いて知った。

「以前、星熊《ほしくま》童子さんに同じようなことを言われた覚えがあります」

酒呑童子はすでに他界しているが、彼に仕えていた星熊童子という鬼の男性はまだ存命だった。

あやかし界に来たばかりの頃、人間である凛があやかし界でどう生きていくべきかを彼に相談したところ、茨木童子と同じように称号持ちの実力者たちから御朱印を集めればいいと進言された。

その際、星熊童子はひと目で凛が夜血の乙女であると見抜いたのだった。

「あー、だろうなあ。茨さまはいつもとってもお優しくて俺をかわいがってくれてさー。俺の母親ではないんだけど、すっげー大好きだったんだよなー」

酒呑童子には妻が何人かいて、茨木童子は彼の本妻だったが子は成せなかった。大江の母は彼の側室に当たる。

「へえ、それは初耳だな。俺が物心ついた時には、すでに茨さまは鬼籍に入《い》られていたから」

「父さんもあんまり自分について話さないタイプだしねー」

伊吹と鞍馬が興味深そうな顔をして父の話を聞いている。

「基本的に優しいんだけど、俺がなんか悪いことをした時はちゃんと叱る、筋が通っている人でさー。その上すっげー美人で、お年を召した後もかわいかったんだよなあ。めっちゃ懐いてたんだよ、俺」

「へぇ……」

同じ夜血の乙女として、茨木童子がどんな女性だったのだろうと凛もふと考える機会が多い。数少ない存命時の彼女の情報を聞けて、思わず声を漏らした。

「あ！　もちろん凛ちゃんも負けず劣らずかわいいよっ」

「当たり前だ。凛は世界一かわいい」

よくわからない大江のフォローに、伊吹がしたり顔で頷く。

どのように反応したらいいのかわからず、凛は「あ、ありがとうございます」と曖昧に笑った。

「でも茨さまはかわいさの中にかっこよさもあってさー。あの人、めちゃめちゃ弓がうまくって。弓を構えた時の鋭い目つきに、俺よく見惚れていたっけな」

最近、偶然にも同じような弓の名手である麻智に凛も似た感情を抱いた。茨さまもきっと、麻智さんみたいに凛々しくて美しい雰囲気だったのだろうなと、ぼんやりと想像する。

「俺に弓の手ほどきをしてくれたのも茨さまなんだよ」

「そうなのですね。そういえば、先ほども弓を持って矢箱を背負っていらっしゃいましたよね」

「おっ、凛ちゃんよく見てんな！　さっきまで弓で狩りをしていたんだよ。牡丹鍋の猪も、俺が狩った獲物でさ。猟銃の方が確実に仕留められるんだけど、やっぱ弓を射る方が俺は好きでさ」

まだ弓道を始めたばかりだし、猟銃なんて持った経験もないが、大江の言わんとしていることはなんとなく凛にもわかる気がした。

精神を集中して矢を放ち、それが狙った目標を射る瞬間は、他では味わえない高揚感がある。

「凛。父上はあやかし界屈指の弓の使い手でな。人間界で伝説の名手である那須与一《なすのよいち》にあやかって、父上の称号は『与一』なのだ」

伊吹が凛の方を向き、そう説明した。

「『与一』……！　とても風格を感じられるふたつ名ですね」

今まで、その陽気な態度からつい大江の称号について考えていなかった。しかし偉大な酒呑童子の息子であり、『最強』の伊吹の父なのだから、称号持ちなのは当然だろう。

「まーな！　俺結構すごいからさー。きっと今のあやかし界で俺に弓で敵う奴はいないんじゃない⁉」

「またすぐに調子に乗る……。まあ実際そうなんだろうけどさー」

得意げに声を発する大江に、鞍馬が彼の腕を認めながらも呆れ顔になる。

一方、弓道を始めたばかりの凛は、眼前に弓の名手がいることに胸が高鳴った。

「実は私も最近、弓を習い始めまして。まだ全然上手じゃないんですけど……。とっても楽しいです」

おずおずと凛が言う。伊吹の父と共通の話題が持てて喜ばしい。

すると大江はパッと瞳を輝かせる。

「マジで⁉　えー娘が俺と同じことやってるとかめっちゃ嬉しいんだが！　こんな偶然あるっ？　あ！　もし伸び悩んだりしたら相談してくれよ。その時は俺が凛ちゃんに教えるから！」

「はい……！　ありがとうございます。機会があれば、ぜひよろしくお願いします」

まだやり始めたばかりで、正直成長の鈍化を感じるほどには至っていない。しかしいつかそれが訪れた時に指導してくれるという義父の申し出は、大変喜ばしかった。

そしてひと晩宿泊した三人は、翌朝大江の家を発《た》った。

別れ際、大江は深みのある優しい笑顔を向けてくれた。

「まー、俺は基本自由人だからな。君らに自分からあまり干渉しねえ。でも、どうしても困った時はもちろん全力で助けるから遠慮なく頼ってくれ。俺、三人の父親だから」

物言いこそ軽々しいが、さすがは伊吹の父。芯の強さとまっすぐさはしっかりと感じられる。

──また大好きなあやかしが増えたわ。

心の底から嬉しさを覚えながら、凛は満面の笑みを浮かべて大江に別れの挨拶を告げたのだった。

弓を引きながら、目を凝らして的の中心に狙いを定める。

ここだ、と意を決して矢を放つ凛だったが、矢は惜しくも的の中心から少しずれた位置に突き刺さった。

──なかなか狙ったところにはいかないわね……。

残念に思う凛だったが。

「凛、短期間のうちにとても上手になったわね。やっぱりあなた、筋がいいわ」

少し離れた場所で凛を見守っていた麻智が、満足げに頷きながら寄ってきた。

「そ、そう……？」

凛は首を傾げた。

だって麻智の矢はほぼ百発百中で的のど真ん中に当たるのだ。それを毎日のように隣で見ているからか、自分なんてまだまだだなという思いしかない。

「そうよ。まだ始めて数週間だっていうのに、驚きの成長速度だわ」

こんなふうに師匠が褒めちぎってくれているのだから、きっとそれなりに進歩しているのだろう。ほのかに嬉しさが芽生えてくる。

「ありがとう。でもきっと、麻智ちゃんの教え方が上手だからだね」

心からの言葉だった。

凛がなかなか彼女の言わんとしていることを実践できない時も、決して苛立つ様子を見せない。麻智は終始優しく丁寧に、そして常に機嫌よく凛を指導してくれていたのだった。

「もう凛ってば、また謙遜しちゃって。もっと自信持っていいのよ？」

「そ、そうかなあ。でもきっと他の先生だったらこんなにうまくならなかったと思うの。本当に、麻智ちゃんに教わるのが楽しくって」

「ほんと？　私も凛と一緒に弓をやるの、すっごく楽しいのよね〜」

そんな会話をして笑い合うふたり。

凛が麻智に弓を習い始めてもうすぐでひと月になる。

当初は、弓の先生だからと敬語で麻智と会話をしていた。しかし『そんなにかしこまらないでよ。年齢もそう変わらないみたいだし、もう友達でしょ？』という麻智の気さくな言葉を受け、今では凛もありがたく彼女を友人だと考えている。

打ち解けた麻智と弓道場で過ごす時間は、充実していた。

緩やかだが成長しているらしい弓の腕を磨くことはやりがいがあったし、練習の合間に麻智と何気ない雑談をするのはとても心が弾む。

練習の合間、ふたりで弓道場の隣のカフェに入り、休憩したり食事を取ったりする機会も増えた。

今日も二時間ほど練習した後、お互いに小腹がすいてきたのでいったんカフェで軽食を取ることにした。

ちょうど新作のケーキがメニューに登場していたので、凛も麻智もそれと飲み物を注文する。

「あ、このケーキおいしいわね。彼へのお土産にでもしようかしら」

ケーキをひと口食べた後、麻智がそう言った。

お互いの身の上については、ある程度はすでに話している。

麻智には婚約者がいて結婚間近らしい。彼は少し頼りないがとても優しくて、そんなところが好きなのだと先日話していた。

凛も自分が既婚であると麻智に告げている。夫が『最強』の称号を持つ鬼の若殿であるとは、夫の職について話す機会がなかったので説明していないが。

ちなみに麻智の種族は、実はまだわかっていない。あやかし同士は外見や匂いでお互いの種族を判別できるので、改めて凛が尋ねたら不自然だからだ。

――まあ、麻智ちゃんの種族なんてなんだっていいけれど。

さまざまな性格の人間がいるように、あやかしだって同じ種族でもそれぞれに個性がある。

天狗は陰湿で保守的だとか、種族単位の大まかな特徴はあるようだが、天狗でも鞍馬のように明るくて新しいもの好きな者も存在するのだ。種族だけで個々を判断するのは愚かだと、凛は深く承知していた。

――それにしても、おいしいものを食べた瞬間、真っ先に彼にも食べてほしいって麻智ちゃんは思うんだもの。きっと心から彼を愛しているのね。

麻智の発言に微笑ましさを覚えながら、凛もケーキをひと口食べた。

「あ……！　甘さ控えめで生地はしっとりしていて、本当においしいね。私も家のみんなの分を買っていこうかな」

言葉を発した後、凛はハッとする。自分もケーキを味わった途端、真っ先に伊吹の顔が、次に鞍馬と国茂の顔が思い浮かんだのだから。

特に伊吹は、最近選挙の件で頭がいっぱいなのか険しい顔をしてばかりなので、甘いものでも食べて安らいでほしい。

自分自身も麻智と同じで、あの人たちを心から想っているのだなあと、密かに気恥ずかしくなった。

「そういえば、凛の家って旦那さんの他に義弟さんと従者の猫又も同居しているんだったわね」

「うん、そうなの。結婚して私が夫の家に転がり込む形だったんだけど、みんなとっても優しいんだ」

「へえ。いいなあ、みんなが結婚を祝福してくれて」

麻智はどこか陰りのある笑みを浮かべた。

おや、と凛がひっかかっていると、彼女は少し暗い声を発する。

「実はね。うちは彼のお父さんがあまり私をよく思っていなくってさ」

「え……」

虚を衝かれる凛。

美しい上に、弓を構える時は凛としたかっこよさがあり、人当たりもいい麻智を気に入らない者がいるなんて信じられない。

すると麻智は勢いよく首を横に振った。

「あ、そんな深刻にならないで。最初は断固許さんって雰囲気だったんだけど、紆余《うよ》曲折《きょくせつ》を経て今では絶対に結婚なんか認めないって感じではなくなったし。ただ、結婚するにはもうちょっと私が努力しないといけなくて……。それを達成するために、頑張っているところなのよ」

「そうなんだ。いい結果になるよう応援するね」

なにを努力するのだろうとふと思ったが、デリケートな問題なのであまり深く尋ねる気にはなれない。

「ありがとう、凛」

凛の励ましに気をよくしたのか、麻智の顔からは暗い影が消える。しかし今度は深くため息をついて、残念そうな面持ちになった。

「あーあ。せっかくこうして凛と仲良くなれたのに、私もう少しで一族の里に帰らなきゃいけないのよね。もしかしたら、この辺に滞在するのがもう一カ月伸びるかもしれないけれど」

「あっ……。そういえばそうだったね」

出会った日に、『普段はもっと遠くに住んでいるんだけど、あと一カ月くらいはこの辺に滞在している予定なの』と麻智が話していたのを思い出した。

弓の腕を磨くことや、もうじき迫っている選挙のことで忙しそうな伊吹を元気づけるのに一生懸命だった凛は、今の今まで麻智の予定について失念していた。

残念な気持ちになりながらも、ひと月、もしくはふた月という長期間、里を離れて麻智が滞在している事情が気になった。

「旅行にしては随分長い期間だけど、この辺になにか用事があったの？」

尋ねると、麻智の顔から笑みが消える。そして間を空けてから、こう答えた。

「ええ。やらなければならない、大事な使命が私にはあってね」

とても意味深な口調だった。

ひょっとしたら、婚約者との結婚に関わる問題かもしれない。

凛の問いかけに対する麻智の返答はそれだけで、具体的なことはなにひとつわからなかった。しかし麻智がパッといつもの明るい笑みを浮かべて別な話題に移ったので、それ以上の詮索は野暮だろう。

そしてゆっくりとケーキとお茶を味わった後、ふたりは弓道場に戻り練習を再開した。

普段通り、麻智の指導の元、弓を構える凛。

習い始めたばかりの頃は、麻智がつきっきりで凛の傍らに立ち見守ってくれていた。

しかし最近では凛も弓の取り扱いに慣れてきたので、凛が練習する隣で麻智が弓を引くことも多くなった。

すでに凄腕《すごうで》に違いない実力を持つ麻智だが、本人はまだ自身の技術に納得していないようだった。

今日も何度も何度も的に向かって弓を放っては、首を傾げたり眉間に皺を寄せたりしている。ほぼ毎回、彼女の矢は的の中心である中白《なかじろ》に刺さっているというのに。

素人目から完璧には見えても、麻智の中では見過ごせないなんらかのミスがあるらしかった。

──麻智ちゃんって、すごく向上心が高いわよね。

毎日、何時間も集中して鍛錬を続ける麻智の強靭《きょうじん》な体力、強い精神力に凛は感服するばかりだった。

そういえば先ほどカフェで、『結婚するにはもうちょっと私が努力しないといけなくて……。それを達成するために、頑張っているところなのよ』と話していた。

ひょっとすると、麻智が弓の腕を磨けば婚約者との結婚が近づくという状況なのかもしれない。

そんなことを考えながら、麻智と並んで練習をして数十分ほど経った時だった。

「痛っ……」

思わず凛は声を上げた。うっかり弦を弾いて腕を打ってしまったのだ。

「凛！　大丈夫!?」

気づいた麻智が弓を投げ捨て、駆け寄ってきてくれる。

するとさらに思いがけない事態が起こった。なんと麻智とほぼ同時に、ひとりの男性が凛の傍らにやってきたのだ。

「凛！　怪我はないか!?」

「え……？　い、伊吹さん？」

困惑の声を凛は漏らす。

そう、凛の元に現れたのはなんと伊吹だった。

なぜここにいるのだろう。今日は確か、彼は在宅しているはず。

「赤くなっているな……。すぐに冷やさなくては」

凛の弓道着の袖をまくって患部を眺めながら沈痛そうに伊吹が言う。

「え、あの。たぶん大したことはないですけど……」

「いや、痣になったら大変だろう。こういうのは応急処置が大事なのだ」

控えめな凛にきっぱりと答える伊吹だったが。

「はあ、ありがとうございます。……ところで伊吹さんはなぜこちらに？」

凛の問いかけを受け、ハッとした面持ちをした後、とてもバツが悪そうな顔をした。

「あ、いや……。じ、実は弓道をやっている凛がどんな感じなのかと、様子を見に来たんだ。実はこれまでも何度か来ていたのだが」

　珍しくしどろもどろに伊吹が答える。

「えっ!?　そうだったのですか、全然気がつかなかったです」

　今日のみならず、以前にも伊吹が様子を見に訪れていただなんて。今の今まで考えもしなかった。

「凛にも凛の世界があるだろうから、習い事にまで干渉するのもどうかと思ってはいたんだ。しかしどうしても心配で気になって、こっそり……。だが『痛っ』という君の声を聞いて、思わず飛び出してしまった。すまない、気持ち悪い真似をして」

　不安げに言葉を紡ぐ伊吹だったが、凛は首を横に振る。

「気持ち悪いだなんてとんでもないです。気にかけてくれてありがとうございます！　私も、もう少し弓道の様子を伊吹さんに説明すればよかったです」

　最近の伊吹は、迫る選挙の対策を椿や鞍馬と相談したり、頭を悩ませたりしているようだった。だから自分の趣味の話なんてしたら彼の思考の邪魔をしてしまうのではないかと、あまり積極的に弓道の話題を出さなかったのだ。

　凛の言葉に伊吹はホッとしたようで、穏やかな笑みを浮かべる。

「いや、こちらこそ最近俺が気を張っていたせいで、凛との会話の時間を無意識のうちに減らしてしまっていた。気を遣わせてしまったな。どんなことでもいいから、これからはなんでも話してくれ」

「はい……！」

凛は微笑んで頷いた。

「さて。それではとりあえず腕を冷やさなくてはな」

「あ、それならば冷却スプレーがあるかと」

射場の戸棚の中に、応急処置グッズが一式あったはずだ。習い始めたばかりの頃、麻智に説明されたのを凛は思い出す。

冷却スプレーを取ってこようと、伊吹から離れて射場に向かおうとした凛だったが、少し離れた場所から麻智の視線を感じて立ち止まる。

麻智は無機質な瞳でふたりを見つめていた。

いつもの親しみやすい表情からは想像できないほどの、冷たい双眸《そうぼう》だった。

「麻智ちゃん……？」

何事かと、掠《かす》れた声で名を呼ぶと。

「あれは、あの男は……鬼の若殿の伊吹。まさか凛は、鬼の若殿の花嫁……？」

低い声で麻智が尋ねる。

「えっ、そうだけれど……」

眉をひそめながら凛が答えると、麻智は凛から顔を背けすたすたと歩いてその場を去ってしまった。

いったい彼女はどうしたのだろう。自分が鬼の若殿の妻だと、なにか不都合なことでもあるのだろうか。

麻智を追いかけたかったが、今は応急処置が先だ。それが終わったら、改めて尋ねよう。

そう考え、射場の棚から冷却スプレーを取って伊吹に手渡す。

彼は念入りに患部を冷却してくれた。とても冷たかったが痛みは引いたので、きっとよく効いているのだろう。

「よく冷やしたから、しばらく安静にしていればきっと大丈夫だ。……あ、そういえば麻智さんはどうした？」

伊吹がきょろきょろと辺りを見渡すが、麻智の姿はない。

「えっと……。ちょっとよくわからないんですけど、どこかへ行ってしまいました。もしかしたら帰っちゃったのかも」

「え!? 俺がいきなり来てしまったせいか？　女子会に男が入って気まずくなったとか……」

戸惑ったように伊吹が言う。

――伊吹さんって基本的にあまり動じない人だけど、私が関わることになるとなにかと気にするわよね……。

「あっ……。そういうのではないと思います。気さくな方なので」

笑みを作って凛は答える。

伊吹が来てしまったせいといえばたぶんそうなのだが、あの麻智の様子は伊吹が考えているような軽い感じではない。

——そう。もっと深刻で重大ななにかがあるような……。鬼の若殿とその嫁に対して、よからぬ感情でもあるかのような。

だが結局、弓道場内をふたりで捜しても麻智は見つけられなかった。

そうなるとやはり鬼の若殿に対して、彼女がなんらかの負の感情を持っている可能性が高まってくる。

しかしまだそうだと決まったわけではなく、凛の勝手な思い込みかもしれない。単に高名な鬼の突然の登場に驚いて、麻智が気後れしてしまったとも考えられる。

「麻智ちゃん、もう帰っちゃったみたいですね。きっとなにか急用でもできたのでしょう。また会えるから大丈夫です」

選挙前の伊吹に余計な心配をさせたくなくて、凛は笑って告げた。

——なんでも話してくれって伊吹さんに言われたばっかりだけど。麻智ちゃんが鬼の若殿に対してなにか思っているかもっていうのは私の勝手な想像なのだから、まだ話す段階ではないわよね。

「そうか。今度会ったら『いきなり現れてしまってすまない。いつも妻がお世話になっています』と麻智さんに伝えておいてくれないか」

「かしこまりました」

そんな会話をした後、場内を片付けて伊吹と共に帰宅した。

弦で打ってしまった腕は翌日少し青くなっていたが、動かしても特に痛みは感じない。これ以上の治療は必要なさそうだった。

そのため弓道場へと向かった凛だったが、麻智には会えなかった。そして次の日もその次の日も、彼女は姿を現さなかった。

――麻智ちゃん、本当にどうしちゃったんだろう。やっぱり鬼の若殿に対してなにか思うことがあったのかな……？　それとも、もう出会ってひと月になるし、一族の里に帰ってしまったかしら。

伊吹が弓道場に乱入して以来会えていないので、さすがになにかあったのかと麻智に確認したかった。自分が気を損ねるような言動をしていたのだったら、きちんと顔を合わせて謝罪したい。

毎日弓道場に赴けば必ず会えていたので、うっかり麻智とは連絡先を交換していなかった。名前しかわからない麻智と連絡を取る術《すべ》はなく、凛はそのまま悶々《もんもん》とすることしかできないのだった。

選挙も直前となり、さすがにこの段階で伊吹に相談するのもはばかられた。選挙が無事に終わってから、麻智の問題について話そう。

そう心に決めた凛だったが。

「凛。そういえば弓道場の彼女……麻智さんだったかな。彼女とは仲良くやっているのかい？　あの、龍族の」

選挙前日の朝、ふと伊吹に尋ねられて凛は驚愕《きょうがく》する。

「えっ、麻智ちゃんって龍族だったのですか⁉」

前回の実力者の会合で龍族の長である大蛇と会ったが、彼は鱗の生えた緑色の肌をしていた。

しかし麻智は色が白く、鱗もまったくないすべすべの肌をしていた。まさかふたりが同種族だなんて考えもしなかった。

目を見開く凛に、伊吹は意外そうな顔をする。

「そうだよ。気がつかなかったのかい？」

「はい。私はパッと見であやかしの種族はわかりませんし、麻智ちゃんとも種族の話にはならなかったので……」

「そうなると、種族について凛が尋ねると不自然だもんな」

凛は頷いた。

「ええ。大蛇さんとまったく肌の色が違うので、まさか麻智ちゃんが龍族とは思いませんでした」

「龍族は個体によって外見に差があるからなあ。しかし角はだいたい同じ形をしている。後ろに向かって弧を描くように生える、二本の黒い角が特徴的だ」

言われてみれば、大蛇も麻智も同じ形の角を頭に生やしている。

「龍族は個体数が多く、外を歩いているあやかしの十人にひとりぐらいは龍族だ。だからなのか、他の種族と交わった個体の外見が幅広くてな」

妖狐や猫又など、外見に特徴のある種族はひと目でその種だとわかりやすい場合が多かったので、伊吹の言葉は意外だった。

「そうだったんですね。……麻智ちゃんですが、もしかしたら実家に帰ってしまったのかもしれません。もともとこの辺には、期間限定で滞在していたらしくて」

「なんと、そうなのか。いい弓の先生ができたようだったのに、残念だな」

本当にその通りだ。しかしもともと一カ月ほどで里に帰るという話は聞いていたから、仕方ないと割り切れる。去り際の麻智の態度はやはり気になったし、離れていてもいい友人関係が続けられるかもと淡い期待を抱いていたので、もちろん心残りはあるが。

——でも今は麻智ちゃんよりも明日の選挙のことよね。

そう考えて、凛は麻智について悩むのをいったんやめた。

そしてその日の午後。伊吹宅に椿がひとりで尋ねてきた。だいたいいつも彼は潤香を連れ立ってくるが、今日は彼女の姿はなかった。

「大蛇についてようやく調べがついたんだ。今日はそれを伝えに来たよ」

「そうかわざわざ来てくれてありがとう、椿」

椿に対する感謝の念を素直に表す伊吹。

いまだにふとした時に憎まれ口を叩《たた》く場面が多いが、椿が凛に御朱印を押してからは、一応彼を信頼しているようだった。

すると珍しく神妙な顔で椿は口を開いた。

「つい数日前までなにも怪しいところがなかったから、伊吹の取り越し苦労だったのかなーって高を括《くく》ってたんだけど。そんなことなかった。……あのおっさん、とんでもない奴だったよ」

「とんでもない奴……？」

伊吹が眉間に皺を寄せる。

彼らと共に、凛も緊張しながら居間のちゃぶ台を囲んだ。本日鞍馬は不在で、国茂は台所で夕飯の準備をしている。

「うん。確固たる証拠はまだ得られてない話もあるんだけどさ。……大蛇の奴、柔軟で革新派のあやかし界の頭領っていう顔は、やっぱり表向きだったみたいで」

「というと？」

「どうやら古来種派のようだよ。それもかなり過激な。年を取ってやっぱり自分の欲望に素直に従おうと考え直したのか、誰かにそそのかされたのか……そこまではわからなかったけどね」

椿によると、大蛇は最近になって古来種派に属したらしい。そして時を同じくして、組織の中の有力幹部となった。

あやかし界の頭領なのだから、自分は古来種派であると意思を固めた時点で、力のある立場になるのは当然だ。

さらに、夜刀を次期あやかし界の頭領とし、同時に酒呑童子が人間界との間に締結した異種共存宣言を撤廃する準備を進めているのだとか。

「なんだかんだ、今のあやかし界は『昔は昔、今は今。人間と平和にやっていこうぜ』派が多い。若いあやかしはむしろ人間の魅力を知っているからね。だけど大蛇みたいなおっさんは、親世代にあやかしが幅を利かせていた時代について聞かされてるから、どうしても過去の栄光にすがりがちなんだよ。今までは立場上その気持ちを抑えてきたけど、力の衰えを感じ始めてタガが外れたのかもしれないな」

椿の言葉に心当たりがあるようで、伊吹は深く頷いた。

「確かに。中高年以上のあやかしが、人間を下等だと思っている節が強い傾向にある」

「うん。そして大蛇はたぶん、現・あやかし界頭領という立場を利用して古来種派を増やそうと目論《もくろ》んでいる。さらに自分の息子である夜刀を頭領にしちゃえば、二代続けてトップになった龍族に逆らうあやかしなんてそう出てこない。そのタイミングで異種共存宣言を国民投票で撤廃させ、昔のあやかし界に戻すつもりなんだろう」

椿の話を聞き、冷や汗が出てくる凛。

あやかし界に身を置いた人間として、あやかしたちの圧倒的な強さは肌で感じている。

異種共存宣言が撤廃されてしまえば、非力な人間はひとたまりもない。命も、富も、尊厳も、古来種派のあやかしに蹂躙されてしまうだろう。

「伝統を重んじる龍族である大蛇が内心では人間を卑下していても不思議ではないし、古来種派に属していてもおかしくはないとは思っていたが……。そこまで恐ろしい思想の持ち主だとは。正直、想像以上だ」

信じられない、という面持ちで伊吹が言う。しかし同胞である椿の情報は確かなはずである。

「今は明らかに大蛇よりも伊吹の方が個としての力は強いから、自分が頭領のうちにやれるだけやっとこうっていう算段で息子を選挙に出したんだろう。だけどさっきも言ったけど、この話にはまだ確固たる証拠がない。大蛇が古来種派にいる証を手に入れられれば、しょっぴけるんだけどなあ」

異種共存宣言に反発する古来種派は、テロ組織とみなされている。そのため、活発に動いている古来種派は発見されれば逮捕される。

しかし古来種派にもあやかし界で幅を利かせている実力者が多いようで、彼らの行いがもみ消しにされることも多いのが実情だった。

よって大蛇を罪に問うためには、誰がどう見てもわかるような古来種派である証拠が必要なのだ。

「明日の選挙で敗北を喫すれば夜刀が次期頭領となり、ますます龍族の力が強まる。そうなると、さらに大蛇の悪事を暴くのは難しくなるだろう。つまり明日は、絶対に負けるわけにはいかなくなったな」

伊吹が言葉に力を込める。

「うん、そうだね。大蛇の奴がなかなか尻尾を掴ませてくれなかったせいで、あいつの本性の発覚がギリギリになってしまってごめんね。もっと対策する時間が欲しかったんだけどなあ」

ているよ」

「いや。椿がいなければそもそも大蛇の裏側なんて知る由もなかった。本当に助かっ

申し訳なさそうに告げる椿に、伊吹が首を横に振った。

「今から明日のために大がかりな準備をする暇はないけど、会合には君らと仲のいいあやかしが多いから、普通に考えれば伊吹が有利はなず。でも――」

「おそらく大蛇は前々から中立派に根回しをしているはずだ。そう考えると、明日の勝率は五分五分だな……」

深刻そうに言葉を紡ぐ伊吹。

椿のおかげで大蛇の内密の事情を把握できたのはよかったが、さすがにこの短時間で完璧な対策をするのは難しい。

「まー、今から俺が手を回せるとこには回しておくからさ～」

「そんなことできるのか？」

「ふふ。ちょっと大きな声では言えない方法、でね？　がしゃどくろの滝夜叉姫《たきやしゃひめ》姐《ねえ》さんとか、一反木綿の褌とか、他にもいろんな奴の弱みを握ってってね～。その辺をつつけばたぶんいけるから」

椿は邪悪な笑みを浮かべる。

「お前は本当に敵に回すと恐ろしいな……」

伊吹は頬を引きつらせた。

「えー、それって褒め言葉？」

にんまりとする椿を見て、凛も彼が味方でよかったと心から安堵した。

「……さあな。しかしそれなら、勝てなくても引き分けには持ち込めそうだな」

「明日の投票で引き分けたらどうなるのですか？」

今まで勝つか負けるかしか頭になかった。引き分けた場合について考えていなかった凛は、気になって尋ねる。

「お伽仲見世通りの住民も有権者に増やしての再投票になるんだ。俺は通りの者たちとは懇意にしているから、そうなればまず負けないはずだが」

確かに、と伊吹の説明を聞いて凛は思う。

伊吹の自宅はお伽仲見世通りと近く、凛も徒歩で行ける距離だ。通りにある紅葉の店へも歩いて向かっている。

伊吹も週に数度は通りを訪れ、商店街で幅を利かせている地主や何十年も店を営んでいる店主に挨拶している光景を頻繁に目にする。

地域密着型の鬼の若殿なら、再投票まで持ち込めば勝算は高いだろう。

「なるほど、明日負けさえしなければ道は開けそうですね。しかし明日のために今私にできることはなさそうです……。伊吹さんのお役に立てず、すみません」

明日の選挙は、伊吹にとっては一世一代の大勝負である。なにか自分も手伝いができればと考えていたが、事が大きすぎて人間の自分では力添えは難しそうだ。

そんな自分にふがいなさを覚える凛だったが。

「凛、そんなことはない。そもそも引き分け以上になると見通しが立てるのは、凛に御朱印を授けたあやかしが会合の参加者に多いからだ。凛がいなければ、明日は敗北の線が濃厚だったよ」

優しく微笑み、伊吹が凛の頭を撫でる。すると椿は露骨に顔をしかめた。

「相変わらず人目もはばからずいちゃつくなあ、君らは。でも、伊吹の言う通りだけどさ。よくもまあ、人間の体で御朱印を八つも集めたもんだよ」

呆れたように放たれた椿の言葉だったが、嬉しさが込み上げてくる。

椿が認めてくれるほど、伊吹の力になれている自分が心から喜ばしかった。

「伊吹さん、椿さん。ありがとうございます。そう言っていただけて嬉しいです」

凛が微笑むと、伊吹は愛おしそうに笑みを返してくれた。

椿もどこか穏やかそうな瞳で凛を見つめている。

——とにかく、明日の選挙は引き分け以上になりますように。

凛は強く祈った。

第三章　選挙と決闘

椿がひとりで伊吹邸を訪ねてきた翌日。

前回と同じ料亭で、会合が開催された。前回欠席した二名のあやかしも出席し、総勢二十名のあやかしが集まった。

前回凛はその二名のあやかしに挨拶できなかったため、今回も出席している。

凛の紹介とそれぞれの現状報告の後、いよいよあやかし界の次期頭領を選出する投票が行われた。

配られた投票用紙に伊吹か夜刀かどちらかの名前を書き、投票箱に入れるという古典的な手法だった。

凛が固唾《かたず》を呑んで見守る中、あやかしたちが投票箱に用紙を投函《とうかん》していく。

不正が行われている様子はない。これだけのあやかしの実力者が集まる中、不正を働く気にはなれないだろう。

すぐに選挙管理機関のあやかしによる開票作業が行われた。彼は『公正』の称号を持つ獬豸《かいち》というあやかしで、不正が絶対に許されない場によく召集されるらしい。

そして、開票の結果は――。

「伊吹十票。夜刀十票。同票だったため、規定通りひと月後にお伽仲見世通りの住民を有権者に加えての、再投票を行う」

獬豸が声高らかに発表した。

自然と凛から安堵の息が漏れた。

この場で勝利できなかったのは少々残念ではあるが、再投票ではまず負けないとのことだったので、こうなれば勝ったも同然である。

それまで険しい顔をしていた、凛の右隣に座る伊吹もどこか穏やかな面持ちをし、椿も得意げに微笑んでいる。

そして、大蛇はというと。

「大差で夜刀が負けるだろうと考えていたのに、まさか引き分けるとはな。一カ月後の再投票もよろしく頼むぞ、伊吹」

優しい笑みを浮かべて伊吹にそう告げる。伊吹は「ああ、よろしく」と当たり障りない返事をした。

椿の話では、大蛇は中立派に根回しをしていたはず。夜刀が勝利すると見込んでいたはずではないだろうか。そのわりにはやけにあっさりしている。

いったいなにを狙っているのか。まさか本当に、息子の悪あがきに付き合っただけなのだろうか？

などと、大蛇の様子に凛がいろいろ考えていた時だった。

「それでは今回の会合もこれにて終了……なのだが、皆少しだけいいか」

意味深な大蛇の言葉の後、縁側に続く襖が勢いよく開く。

姿を見せたのは、大蛇と同じ形の角を頭に二本生やした、龍族と思しき一組の若い男女だった。

「恥ずかしながら夜刀は称号を持っておらず、大した実績もない。よって会合に出席する資格はないのだが、自分のために選挙を行ってくれた皆にお礼がしたいと申し出てな。挨拶だけさせてくれ」

大蛇がそう言うと、あやかしたちからは「いいだろう」「構わない」という声が口々に聞こえてきた。

しかし凛はそれどころではない。

ふたりのうち、男性の方は初めて見る顔だった。だが、女性の方はというと……。

「皆さま、お初にお目にかかります。夜刀と申します。僕のわがままに付き合っていただきありがとうございます。『最強』の伊吹さんと引き分けにもつれ込めたなんて、喜びでいっぱいです。再投票の際も何卒よろしくお願いいたします」

「夜刀さまの許嫁《いいなずけ》の麻智と申します。このたびはありがとうございます。彼をどうぞよろしくお願いいたします」

夜刀の傍らで、凛々しい声で挨拶をした女性はなんと麻智だったのだ。

――ま、麻智ちゃん!?

確かに彼女は龍族ではあるが、個体数が多い種族だという伊吹の話もあり、まさか大蛇の関係者だとは考えもしなかった。

しかしそのまさかであった。麻智は、次期頭領として伊吹と争っている龍族の夜刀の許嫁だったのだ。

夜刀は線が細く、女性的な美しさを持つ男性だった。

色白の鱗のない肌に、穏やかな光をたたえる垂れ気味の瞳、肩までの艶やかな黒髪。そして華奢《きゃしゃ》な体躯《たいく》はどこか儚《はかな》げだ。

ワニのような鱗状で緑色の肌を持ち、恰幅《かっぷく》のよい父親とは似ても似つかない。

すらりとした麻智の方が圧倒的に彼と雰囲気が似ている。外見と漂う空気だけで、とてもお似合いのふたりだと感じさせられる。

麻智はちらりと凛を一瞥《いちべつ》した。一瞬だったが、とても冷淡で鋭い視線を向けられて凛はぞくりとする。

果たして彼女は、本当に一緒に弓を楽しみ笑い合っていた麻智なのだろうか。

ひょっとするとあれは自分の夢だったのではないか。思わずそう考えてしまうほどの尖鋭な瞳だった。

「本来なら投票前に皆に紹介すべきところだったが、どうせ伊吹には負けると考えていたから不要かと判断していた。念のため今日は連れてきていたのだが、まさか引き分けにもつれ込むとはなあ」

謙遜したような大蛇の言葉だったが、彼の裏を知っている凜にはとても白々しく聞こえる。

すると夜刀が伊吹の方を向き、微笑みかけた。

「父上の言う通り、まさか伊吹さんと僕ごときが対等に渡り合えるとは信じられないよ。次の選挙でも頑張るよ。よろしくね」

とても柔らかく穏やかな口調だった。以前伊吹に聞いていた通り、温厚で心優しそうなあやかしに見える。

しかし夜刀は父親の悪だくみを知っているのか、いないのか。

なにも知らずただ純粋に次期頭領になりたがっている？　それとも父の企みに手を貸している？

無論、考えても凜がわかるはずがない。しかし伊吹に対する麻智の態度を思えば、夜刀だって鬼の若殿に対してなんらかの負の感情を抱いている可能性は高い。

「よろしく、夜刀。もちろん俺も負けるつもりはない。お互いに最善を尽くそうではないか」

冷静な声で伊吹が無難な返答をした。

麻智が凜の弓の先生だったことは当然伊吹も気づいているはず。夜刀と共に登場した彼女に驚愕しているはずだが、そんな素振りはおくびにも出していなかった。

さすがは常に理性的な伊吹と言えよう。

「それじゃ、選挙は再投票で決着をつけるということで。この辺でお開きだな」

参加者のひとりのそんな言葉が聞こえてきて、皆が帰り支度をし始める。その時だった。

「皆さま。お待ちください。少々お時間をくださいませ」

女性の涼やかな声が場に響いた。

一同、動きを止め、声の主の方に視線を合わせる。

声を発したのは麻智だった。直感的になにかよくないことを言われる気がした凛は身構える。

「なんだろうか、夜刀の許嫁どの」

天狗の長である是界が尋ねると、麻智は神妙な顔で言葉を紡ぐ。

「ここ数代、あやかし界の頭領は滞りなく決まっていました。だから皆さまはご存じないかもしれませんが……。実は、頭領決めの選挙で候補者の支持率が拮抗《きっこう》した場合に、有権者が候補者選びのために基準にしていた、ある大事な事柄があるのです」

「大事な事柄とは？」

阿傍の問いに、麻智は口角を上げてこう答えた。

「候補者の伴侶の強さですわ」

皆がざわつき始める。

「へー。それぞれの嫁同士が争うってこと?」とか「なかなかおもしろそうではないか」などという声が上がった。

凛の額と頬に冷や汗がにじんだ。

強さなど、自分には縁の遠い事柄だ。この中でも最弱、いや、あやかし界で最弱といっても過言ではない。なぜなら妖力ゼロの人間なのだから。

「強さねえ。それなら、御朱印を八つももらっている凛ちゃんの勝ちっしょ。彼女になにかあれば、俺やここにいる瓢、阿傍、八尾が黙っていないんだから。甘緒や糸乃、伯奇《はくき》、紅葉だって彼女の同胞だ」

凛と魂の契りをかわした錚々たるあやかしたちの名前を、椿の口から改めて聞いた参加者たちは、頷いたり「確かに」と呟いたりしている。

だが、夜刀は柔和に微笑んだまま口を開いた。

「確かに麻智は凛さんほど多くの御朱印は授かっていないよ。だけど、気性の荒いあやかしを統治するのだから、頭領の伴侶にも最低限ならず者を圧する強さは必要ではないかな?」

「私も決して妖力が高い方ではありませんが、弓の腕は超一流だと自負しております。……凛さんは、自分の身を守れるかも怪しいくらいの妖力しか感じませんね。失礼ながら、身体能力も高いようには見えませんし」

夜刀の言葉の後、麻智がそう続けた。

凛が放っている妖気は凛自身のものではなく、伊吹の口づけによって付着した、言わば残り香。微弱な妖力しか持っていないと認識されるのは、当然である。

「確かになあ……」

「あやかしの強さは妖力がすべてとは言わないけど、いくらなんでも弱すぎる」

周囲からそんな声が次々に聞こえてくる。惨めさ、伊吹に対する申し訳なさを感じ、凛は俯いてしまった。すると。

「妖力の高低など、今ではあやかしの強さを決める指標のひとつに過ぎない。凛は自身の弱さを十二分に承知している。だからこそ、力ある者たちの御朱印を集めた。強くなるためにな」

朗々たる伊吹の声だった。

ハッとした凛は顔を上げる。伊吹は夜刀と麻智に鋭い視線をぶつけていた。

「凛には身を守る強さがない？　確かにそうかもしれない。しかしそんな自身の弱点を御朱印という形でカバーしている。自分の弱い部分を素直に受け入れ、それを補う努力ができる者はそういないだろう。それに皆は俺を誰だと思っている？　『最強』の鬼だぞ。凛に害をなそうとするなら、俺や凛の同胞たちが黙っていない」

伊吹の言葉に納得している者が多いようで、ざわめきが小さくなった。

――伊吹さん……！　ありがとうございます。

嬉しさが込み上げて、密かに涙ぐむ凛。

麻智に圧倒されてなにも言えなかったが、そんな自分を伊吹は心から信じてくれている。しかし、今の伊吹の言葉を自分から発せられるようにならなくては。もっと精神的に強くならなくては。

そう凛は自戒した。

だが、伊吹の発言にすべてのあやかしが納得したわけではない。「まあ伊吹の言う通りではあるけどさあ」「それにしたって、あの子は妖力が低すぎるだろ」といったぼやきが聞こえてくる。

いくら鬼の若殿の発言といえど、事態の収拾には結びつかなかった。再びざわめきが大きくなり始める。

すると大蛇が咳払《せきばら》いをし、口を開いた。

「伊吹の意見はもっともだ。現代のあやかし界では、妖力がすべてではない。しかし麻智の言葉にも一理あると思う。この中にも、伴侶にある程度の強さが必要と考えている者もいるようだな？」

頷くあやかしが数名見えた。

伊吹は腕組みをして、険しい顔をしている。

すると麻智は不敵な笑みを浮かべ、凛を見据えながらこう言った。

「ええ。だから私は凛さんに決闘を申し込みたく存じます」

今日一番、場が騒がしくなった。

「決闘だって⁉」

「いいねー！　俺見るの久しぶり！」

などと、あやかしたちは興奮している様子だ。

——決闘って……？

言葉の意味は当然知っているが、麻智が言わんとしている決闘がどんな形なのか、まったく想像ができず凛は困惑する。

「……凛ちゃん。あやかし同士の決闘は、名誉をかけてお互いに得意な妖術や武器を駆使して試合をすることだよ。大きな怪我を負うような攻撃は禁止だから、命の危機はない。だからあやかしならば、そう危険でもない」

凛の左隣に座る椿が、他の者に聞こえないくらいの小声で教えてくれた。凛も囁《ささや》くような声で「ありがとうございます」と礼を述べる。

——あやかしならばそう危険でもない、か。

すべてのあやかしは人間よりも強靭な肉体を持つ。つまりあやかしならば危険とされない攻撃でも、人間の凛には脅威になりうる。

即ち凛にとっては、ほぼ確実な敗北が約束されているというわけだ。

「決闘など……。あなたたちはいつの時代の話をしているのだ！」

伊吹がぴしゃりと声を張り上げると、騒がしかったあやかしたちが口をつぐみ、場が一瞬で静寂に包まれる。威厳あふれる物言いは、やはり鬼の若殿らしい。

そして伊吹は、不安を隠せない凛にこう囁いた。

「もちろん受ける必要などないからな、凛」

決闘したところで勝ち目などない。確かに麻智の言葉には乗らないのが賢明だろう。

しかし。

「ええ、別にお断りいただいても構いませんわ」

伊吹の言葉を聞いていたらしい麻智が相変わらず不敵な笑みをたたえたまま、よく通る声で言った。さらに、凛を蔑むように見据えて続ける。

「ただ、鬼の若殿の花嫁は妖力が低く私に勝ち目がないため敵前逃亡した……と、お伽仲見世通りの住民たちはみなすでしょうね」

「……！」

凛は息を吞む。

知り合い以外の会合の出席者たちは、凛と伊吹を不審げに眺めていた。おいおい逃げるのか？と彼らに揶揄されているような気になる。

——本当にその通りだわ。私が決闘から逃げてしまえば、伊吹さんの印象がとても悪くなってしまう。闘うことすら放棄する嫁を持っている伊吹さんに、皆が投票するとは思えない……。

それならば、決闘を受けて潔く負けた方が伊吹の印象は悪くならないはずだ。最後まで諦めない嫁だと皆がみなしてくれれば、投票で勝てる見込みはある。

また、麻智との決闘はおそらく弓での勝負になる。物理法則を無視した妖術を使われるよりは勝算はあるように感じたし、大きな危険も伴わないだろう。

そう考えた凛は、意を決して声を上げた。

「受けます。……私、麻智さんと決闘します」

「凛……!?　なぜ！」

伊吹が非難めいた声を上げる。

彼はもはや、選挙での勝敗よりも凛の身の安全を考えているのだろう。それは大変ありがたく、彼の深い愛を感じる。

——だけど私は、伊吹さんの力になりたい。ただのお荷物にはなりたくない。

「勝手なことを言ってすみません、伊吹さん。でも決闘を受けなければその時点で負けですが……。闘えば、万が一にでも私が勝つ可能性があります。それに負けたとしても、敵前逃亡よりは遥かにマシに思えます」

内心は不安でいっぱいだったが、伊吹を安心させるように凜は微笑みを浮かべる。

すると伊吹は凜の決意の固さを悟ったようだった。

「……わかった」

ため息交じりに、どこか諦めたかのように答える。

ふたりのやり取りを聞いていたらしい麻智は、にやりとした笑みを浮かべながら凜の方へと歩み寄ってきた。

凜は立ち上がり、麻智と対峙《たいじ》する。すると彼女は白魚のような美しい手を凜に差し出してきた。

「凜さん。このたびは私との決闘を受けてくださりありがとうございます。お手柔らかにお願いいたしますわ」

勝利を確信しているらしい麻智は、嫌みったらしく告げた。しかし。

「よろしくお願いいたします」

気持ちを引き締めた凜は、淀《よど》みなくはっきりと答える。できるだけ胸を張って、堂々と。

その様子が気に食わなかったのか麻智は苦虫を噛《か》み潰したような表情になったが、それも一瞬の出来事だった。すぐに自信満々な笑みをたたえて凜に背を向ける。

そしてその場で、ふたりの決闘は明日行われると取り決められたのだった。

決闘の会場は、お伽仲見世通りから少し離れた草木の生い茂る森の中で行われることになった。

お互いに得意な武器をひとつ持った上で、妖術の使用はありというのが、古来より伝わる決闘のルールだった。

決闘の会場に夜刀と共に現れた麻智は、予想通り弓道着の上に胸当てを装着した姿で弓を抱えていた。

情報通の椿によると、彼女は自身が言っていた通りあまり妖力は高くなく、妖術を得意とするタイプのあやかしではないらしい。やはり、決闘では弓での応酬がメインになるだろう。

――それなら私にもわずかだけれど勝てる可能性がある。

人智を超越した妖術を使われてしまえば、太刀打ちする術《すべ》はない。しかし弓による物理的な攻撃ならば、まだやりようはある。

そして凛も自身の身長より長い弓を持ち、矢箱を背負っていた。

「凛さんも弓を使うのですね。私、勝てるかしら」

凛の姿を見て、麻智が白々しく言い放つ。凛の腕が自分に遠く及ばないと、わかり切っているはずなのに。

決闘の勝敗を見届けるため、昨日の会合の出席者が数人、立会人として訪れていた。彼らは『一流の弓使いに弓で対抗かよ』とでも言いたげに、呆れたような面持ちで凛を眺めている。

確かに傍から見れば、弓を装備している凛が愚鈍に映るだろう。しかし扱える武器がそれしかないので仕方がなかった。

「凛、昨日から何度も言っているが。とにかく君は息をひそめて隠れるんだ。勝利を得るには、一瞬の隙を狙うしかないだろう」

決闘開始の直前、伊吹が神妙な面持ちで告げた。

本当に昨日から何遍も聞いた言葉だった。鞍馬や椿にも同じように言われている。

「はい。心得ております」

伊吹をまっすぐに見つめて凛は答える。彼の瞳には、不安げな光が宿っていた。

「本当に大丈夫か。今からでも引き下がってもいいのだぞ」

心配でたまらないのだろう。改めて彼の深い愛情を感じられて嬉しさを覚えつつも、凛は首を横に振る。

「いいえ、辞退はいたしません。そんなに心配なさらなくて大丈夫ですよ。麻智ちゃんの矢が私に当たったとしても、大きな怪我を負うことはありませんから」

名誉のための決闘は、安全が徹底されている。使用される矢は木製であり、矢じりの先端は丸くゴム製となっていた。たとえ相手に当てたとしても、少々痛みを感じるくらいのダメージしか与えられないだろう。

「……それはそうなのだが」

とはいえ、凛があやかしと闘うという状況自体が伊吹にとっては不安なのだろう。煮え切らない様子だった。

　しかしそれ以上は、伊吹は凛に辞退を促さなかった。

決闘に対する凛の意志が固いこと、そして伊吹が次期あやかし界の頭領になるために力添えしたいという思いを汲《く》んでくれたのだろう。

　そして、決闘の立会人と付き添いの伊吹と夜刀が、凛と麻智から離れる。彼らは攻撃が当たらない場所まで下がり、様子を見守るらしい。

　凛と麻智も、お互いの姿が見えない場所まで遠ざかった。

　今回の決闘で使用してよいエリアは、現在凛と麻智がいる場所から半径一キロ程度の森の中だった。この広い空間をいかに味方につけて相手の意表を突くかが、勝利のポイントとなるだろう。

　そして凛と麻智がお互いに最適だと思える位置についた時、立会人による決闘開始を告げる銃声が鳴った。

——伊吹さんやみんなが助言してくれた通り、とにかく隠れて隠れて、一瞬の隙を狙うしかないわ。まともにやり合っても、凄腕の麻智ちゃんに敵うはずがないもの。

そう考えながら、茂みの中に身を隠し息をひそめる凛だったが。

葉の隙間から麻智の姿が見えた。なんと彼女は一直線にこちらにやってくる。いっさい迷いを感じられない足取りで。

——え⁉ どうして？ なぜ私の居場所がもうわかっているの⁉

人間よりも鼻が利くあやかしは、発する匂いを感じて相手の居場所を突き止められる。

だが、現在凛がいるのは森の中。木々や草花を始め、虫や小動物など、匂いを発する生物がひしめいている空間だ。

そんなところで、離れた場所にいた凛の匂いをかぎ取るのは至難の業であるはず。獣が始祖であるあやかしは嗅覚が強いというのは、人間界でも常識だ。だから妖狐や狛犬ならばまだしも、龍族は特別に鼻が利くというわけではないはず。

しかし麻智は、にやりと口角を上げてまっすぐに凛の方へ向かってきていた。予想外の出来事に、凛は逃げるのも忘れその場で硬直してしまう。

麻智は素早い動作で弓を構え、凛に向かって矢を放った。

凛は慌てて体をよじらせる。少し距離があったため、なんとかかわせた。

だがその拍子に、茂みの中から飛び出してしまった。

麻智と真っ向から相対する形となる。

「……ちっ」

凛が矢をかわしたのを知り、苦々しそうに麻智は舌打ちをする。しかし驚愕のあまり目を見開いている凛を目にして、今度は不敵な笑みを浮かべたのだった。

「驚いているようね。『必死に隠れて勝機をうかがっていたのに、どうしてこんなにもあっさりと見つかってしまったの？』ってところかしら」

図星をつかれ、凛は言葉が見つからない。

「どうせあなたが知ったところでどうにもできないだろうから、からくりを教えてあげる。妖力の高くない私は、ほとんど妖術を使えない。だけどたったひとつだけ、得意な力があるのよ」

「得意な力？」

「私はね。匂いが見えるのよ」

「匂いが見える……？」

得意げに告げる麻智だったが、訳がわからず凛は思わず聞き返す。

「あやかしは皆、体から匂いが出ていて、気配を消せば匂いもほぼ無臭に抑えられる。嗅覚の鋭い種族でも察知できないくらいにはね。だけど、いくら気配を消したところで、体に染みついた匂いは完全にはなくならない。あやかしの匂いを視覚化できる私は、それが見えるのよ。……まあ、匂いを見るには私も並々ならぬ集中力が必要だから、こういう時にしか使わないんだけどね」

麻智の言葉に、凛は絶句した。

ならば、麻智の前でいくら息をひそめても無意味ではないか。

それに、なんて弓による攻撃と親和性の高い能力なのだろう。麻智は身を隠しながら相手の匂いを見つけ出し、矢を放てばいいのだから。

もはや立ちすくむことしかできない凛。

するとそれまで余裕しゃくしゃくに微笑んでいた麻智が、目を細めて冷淡な視線を凛に向けてきた。そして、まるで憎しみでもこもっているような、とても低い声で言葉を紡ぐ。

「……いい御身分よね。『最強』の鬼の若殿に守られて、愛されて、彼の威光を借りて御朱印をたくさんもらって。そんなので偉大なあやかしにでもなったつもり？　あなたは最弱もいいところだというのに」

「わ、私はっ……」

反論したかったが、うまく言葉が出てこず、つっかえてしまった。麻智の言葉のすべてを否定できない気もした。

「我が物顔で鬼の若殿の隣にいちゃってさ。なにもできないくせに。無力なくせに。……あなたごときが、いい気になるんじゃないわよ！」

血走った目で凛を突き刺すように睨《にら》みながら、声を荒らげる麻智。それと同時に、目にも留まらぬ動作で弓を構え、凛に向けて矢を放った。

麻智の能力に対する衝撃やら浴びせられた暴言によるショックやらで、凛はただ呆《ぼう》然《ぜん》と立ち尽くしていた。

麻智の一射をかわす気にもなれない。そもそも至近距離からの攻撃だったから、あがいたところで防げないだろうが。

──ごめんなさい、伊吹さん。

敗北を悟り反射的に目を閉じた凛だったが、数秒待っても矢が当たる衝撃が体に訪れない。

不思議に思って恐る恐る目を開けると。

「えっ……!?　い、伊吹さん？」

いつの間に現れたのか。なんと伊吹が凛の傍らに立っていて、麻智が放った矢を手で掴んでいたのだ。

ぎりぎりのところで、凛の体に矢は当たっていない。

伊吹の突然の登場に、麻智も驚愕の表情を浮かべている。しかしすぐに、底意地悪そうな笑みを浮かべた。

「あら、伊吹さま。いくら愛する妻の危機だからといって、決闘に乱入はご法度ですよ？ あなた方の反則負けということで――」

「反則負けはどちらの方だ？」

煽《あお》るような口調の麻智の言葉を、伊吹が怒気のはらんだ声で遮った。

――麻智ちゃんが反則？ どういうこと？

思い当たらない凛も、首を傾げる。

すると伊吹は掴んでいた矢を見せつけるように掲げた。

「今、凛に向かって放った矢だが。この矢、先端が金属製ではないか。あなたは凛を傷つけようとしたのか？」

「え……！」

麻智の矢の先端を注視すると、確かに先端が鋭くとがっている上、金属特有の光沢を放っている。それがゴム製の矢じりでないと明らかだった。

反則の証を突きつけられた麻智だが、笑みを崩さない。

「あらまあ。大変失礼いたしました。普段使用している矢が交じってしまっていたようですわ」

悪びれもせずに、飄々と言う。その態度から、明らかに故意的に金属製の矢を交ぜたのだとわかる。

しかし伊吹は麻智をそれ以上追及はせず、背を向けた。そして、離れた場所にいると思われる立ち合い人に向かってこんな言葉をかける。

「そういうわけだ。双方に反則があったのだが、この場合はどうなるのだ？」

しばらくして、立会人のあやかしふたりが姿を見せる。ふたりは神妙な面持ちをしながら、凛たちにこう告げた。

「過去の記録によると、双方に不正があった場合の決闘は無効となります。時間を置いて改めて決闘となりますね」

「そうか。わかった」

そう答えると、伊吹は怒涛《どとう》の展開についていけず呆然としている凛に囁いた。

「……凛。とりあえず仕切り直しだ。対策を考えよう」

「は、はい」

慌てて返事をする凛。

すると伊吹は麻智と対峙し、彼女を真っ向から睨みつける。伊吹の紅蓮《ぐれん》の瞳が、いつにも増して燃え上がっているように見えた。

「麻智さん。次の決闘は再投票の直前でよろしいか」

鬼の若殿に視線で攻撃されているというのに、麻智はまったく怯《ひる》んだ様子も見せず口を開く。

「ふふっ、いいでしょう。……せいぜい悪あがきをすることね」

そう言い捨てると、ふたりに背を向けて颯爽《さっそう》と歩き出す麻智。向かった先には、夜刀がいた。

穏やかな笑みをたたえる彼は「お疲れ様、麻智」と彼女に声をかける。

「凛、大丈夫か？　怪我はなかったか？」

麻智に怒りの表情を向けていた時とは打って変わって、ひどく優しい声で伊吹が尋ねてきた。

「はい、ありがとうございます……」

しかし、凛は上の空で答えてしまう。麻智の謎の行動に混乱し、頭がいっぱいだった。

──麻智ちゃん。夜刀さんのために私に決闘を申し込んだのは理解できるけれど。どうして私をそこまで目の敵に？　なぜ、私を貶めるようなことを言うの？　殺傷能力のある矢を放つほど私を憎悪しているの？

お互いの素性を知らなかった頃は、とても仲のよい友人でいられたのに。隣り合って楽しく弓を引いて、カフェでは女同士の話に花を咲かせたのに。

あの頃の麻智と今日の麻智は、ひょっとしたら別人なのではないか。麻智と仲がよかった頃の思い出は、自分の記憶違いなのではないだろうか。

そんな突拍子もないことを考えてしまうほど、麻智の一連の行動は凛には信じがたかった。

＊

――麻智というあの女、凛と仲がよかったはずだが。凛が夫のライバルの嫁とはいえ、なぜあのような態度を取ってきたのだ？

凛が麻智に弓を教わっている弓道場に、密かに（結局最後にはバレてしまったが）何度か様子を見に行ったから知っている。

あの時は仲睦まじそうに並んで的に向かっていたというのに、今日の麻智はまるで凛に憎悪を抱いているかのような振る舞いだった。

夫である夜刀の勝利に向けて並々ならぬ決意があるようだが、それでも凛にあそこまでの悪意を持つ理由にしては薄い。

凛も麻智の豹変《ひょうへん》には驚愕していて、なぜあんな態度を取ってくるのかまったくわからないらしい。しかし凛が鬼の若殿の嫁だと知ってから彼女の振る舞いが変わったようだと話していた。

──なにか理由があるのか？　麻智が凛もしくは俺……鬼の若殿の関係者に憎しみを抱く理由が。

そんなことを考えながら、決闘を終えた凛と共に伊吹が自宅に戻り玄関に入ると、鞍馬が血相を変えて走り寄ってきた。

不思議に思ったらしい凛が首を傾げてこう尋ねる。

「ただいま、鞍馬くん。とても慌てた顔をしているけど、どうしたの？」

「た、大変だよ伊吹に凛ちゃん！　凛ちゃんと麻智の決闘動画が、ネットの動画サイトに公開されているんだ！」

「なんだって……!?」

予想外の鞍馬の回答に、伊吹は驚きの声を上げる。凛からも「えっ」という小さな声が漏れた。

「とにかく！　ふたりとも早く見てみてよっ」

鞍馬に引っ張られるような形で、伊吹は茶の間へと入った。凛もその後に続く。

ちゃぶ台の上には鞍馬愛用のノートパソコンが広げられていた。そしてそのディスプレイの中に映っていたのは。

「私と麻智ちゃん……!?」

掠れた声で紡がれた凛の言葉通り、ふたりが対峙している光景だった。

さらにパソコンからは『得意な力？』『私はね。匂いが見えるのよ』『匂いが見える……？』という、数時間前に凛が麻智とかわした会話が流れている。

しばらくの間無言で画面を眺めていた伊吹だったが、双方に反則があり決闘の仕切り直しが立会人に宣言されたシーンを見た後、ため息交じりに口を開いた。

「どうやら夜刀か、立会人のどちらかが撮影していたようだな。撮影は別にルール違反ではないから、気づいたところで止めようはなかったが……」

「それはそうかもしれないけどっ。これかなりヤバいじゃん！　一応引き分けみたいな扱いだけど、麻智って子の圧倒的な強さが全世界に公開されてるんだよっ？」

鞍馬の言う通りである。

動画は公開されてから一時間も経っていないのに、すでに数十万回再生されており、コメントも数千件ついている。しかもそのコメントのほとんどが、強く美しい麻智を称賛する言葉だった。

なす術《すべ》もなく夫に守られて、かろうじて仕切り直しに持ち込んだ凛を【マジで弱いなこの子】とか、【本当に鬼なの？】とか、【こんな子があやかし界の頭領の妻になったら不安だわ】などと揶揄するコメントも多数あった。

【今時、強さとか関係ないじゃん】【この凛って子、御朱印八つももらったらしいから、妖力低くても問題ないでしょ】といった凛をフォローする言葉もいくつかあったが、ほんの少数だ。ほとんどは麻智を褒めたたえ、凛が頭領の嫁としてはふさわしくないといったニュアンスの言葉でコメント欄は占められていたのだった。

自分が思う以上に多くの注目を集めているこの選挙に、ますます不安が募る。

凛は真っ青な顔をして、画面を凝視していた。

責任感の強い彼女のことだ。きっと、自分の弱さが伊吹に多大な迷惑をかけてしまったと強い自責の念に駆られているに違いない。

——いや。凛の身が心配で止めはしたが、あの場面では決闘を受けるのが最善だった。決闘を拒んでいたら、凛が尻尾を巻いて逃げ出したと夜刀陣営は大々的に公表していただろう。

つまり決闘を受けたとしても受けなかったとしても、結局凛の弱さは民衆に露呈されたのだ。

もちろんこれは凛のせいではない。あやかしにも人間にも、それぞれ得意不得意、可能不可能はある。

苦手な分野のことを急に押しつけられたにもかかわらず立ち向かおうとした凛に落ち度はまったくない。問題は、凛の不得手が多くのあやかしたちにとっては、その者の価値を決めるもっとも大事な要素であったことだろう。

「凛、そんなに落ち込むな。なに、皆ネットの世界では強気になるものだ。ひどい言葉も多いが、お伽仲見世通りの住民は俺の強さを知っている。信頼関係も築けている。俺の有利はこの程度では揺らがないさ」

涙ぐみながらパソコンのディスプレイを見つめる凛に、努めて優しい声音で伊吹は告げた。

「ありがとうございます、伊吹さん。でも、さすがに次の決闘で負けたらまずいのでしょう……？」

か細い声で凛に尋ねられ、伊吹は一瞬言葉に詰まってしまった。

――確かにそれは非常にまずいだろうな。この動画のインパクトは強烈すぎる。まるで再決闘での勝者の夫が選挙の勝者のような流れになっているふうにも見える……。

伊吹は少しの間黙考した後、こう言った。

「いや……。勝敗は大した問題ではない」

「そうでしょうか？」

「うむ。決闘の内容の方が大事だろうな。善戦した上での敗北ならば、きっとそんなに印象は悪くない。むしろ妖力が低いのに頑張っているじゃないかと凛を見直す者が増えるだろう。あやかしの大半は、そんなに強い妖力など持っていない。凛が麻智に健闘できれば、きっと皆応援したくなるのではないかと思う」

凛に向けた励ましは、決してその場しのぎの言葉ではない。

凛の周りは『最強』の伊吹と関わる者が多いから、御朱印持ちや妖力の高いあやかしが多数だ。

しかし通常あやかしたちは、会合で妖力が高くないと言われていた麻智や夜刀にも遠く及ばない力しか持たない者が大半だ。

そしてそういったあやかしたちは、弱い者が知恵を振り絞ったり工夫をしたりして強い者に立ち向かう展開を好むらしい。

「あー、確かに。みんな番狂わせ好きだもんね。この前テレビでやってた妖術使用ありの格闘の試合でも、前評判が悪かった妖力の低いあやかしが勝った時に、めっちゃ話題になってたもんなー。ジャイアントキリングっていうやつだね」

と、鞍馬がうんうんと頷く。

流行に詳しい鞍馬がそう言うのなら、まず間違いないだろう。

ふたりの言葉を聞いて、真っ青だった凛の顔色がいくらか元に戻る。まだ普段通りの肌色とは言えないが。

「なるほど……。しかし麻智ちゃんに真っ向から立ち向かっても、正直どうすることもできずに私は負けてしまいます。彼女の能力的に、ただ隠れて勝機をうかがうのも難しいですし……」

凛の声は弱々しい。

確かに、弓道を始めたばかりの凛が、超一流の弓使いである麻智に立ち向かう手段をあと一カ月そこらで身につけるのは不可能に近い。

加えて麻智には、どんな達人でも完全には消せない体の匂いを可視化するという厄介な能力だってある。

だが伊吹は、ある人物の手を借りることによって凛が勝利を掴み取るわずかな可能性を見出していた。

「凛。そこで提案なのだが、俺の父――大江から弓の手ほどきを受けてみないか？」

「お義父さん……。あっ、そうでしたね！」

先日、大江に凛を紹介した時に彼は凛に対してこんな言葉をかけていた。

『もし伸び悩んだりしたら相談してくれよ。その時は俺が凛ちゃんに教えるから！』

そして大江は、弓使いの中で最上位の称号である『与一』のふたつ名を持っている。

単純に考えれば、称号を持っていない麻智よりも腕は上であるはずだ。

生まれながらにして炎の術を得意とする伊吹は、弓を学ぶ気にはなれなかったので父から習ったことはなかった。そのため、弓の扱い方などまったく知らない。

だが、大江が以前にこんなふうに嘆いていたのを覚えている。

『弓のうまさは妖力では決まらない。運動神経も必要ねえ。大事なのは集中力なんだよ。だけどあやかしの野郎どもって、伊吹みてえな派手な妖術使ってどっかーんが好きな奴ばっかりだからよお。俺の噂を聞いて弓を習いに来ても、すぐに退屈だ、話が違うって逃げ出しちゃうんだよなあ』

麻智や大江のように、地味な弓を好んで使うあやかしは特殊なのだ。

しかし人間である凛は真面目で忍耐強く、コツコツとした地道な作業を嫌がらずにこなすタイプ。あやかし界ではとても珍しい弓向きの性格をしていると伊吹は踏んでいたのだった。

――真面目な弟子を欲していた父上は喜んで凛に弓を教えるだろう。そこに凛の勤勉な性格が合わされば、もしかしたら。

化学反応が起きて、麻智に対抗する術《すべ》を見つけられるかもしれない。

「私、お義父さんに弓を習いに行きたいです！　今すぐにでも」

凛がすっくと立ち上がり、毅然《きぜん》とした口調で言った。先ほどまでの脆弱《ぜいじゃく》そうな様子とは打って変わって、勇ましい光を瞳にたたえている。

一刻も早く、少しでも強くなりたい。弓の技術を磨きたい。そんな凛の切な思いが、伊吹にひしひしと伝わってきた。

「よし。ではすぐに父上のところへ向かうとしようか」

凛の感情を汲み取った伊吹は、そう提案しながら彼女の傍らに立ち上がった。

「頑張ってね凛ちゃん！　俺も応援してるからっ。あんまり意味はないかもしれないけど、とりあえず友達に動画のこと伝えて擁護のコメントとかいっぱい書いとくし、ひどいコメントには違反報告しとくからっ」

鞍馬は鼻息荒くして、目にも留まらぬ速さでキーボードを叩き出した。

「あとは俺の雷を操る力でなにかできればなあ……。くっそ、決闘の時に動画を撮影してるって知ってたら、雷の電波で撮影者のスマホなりカメラなりを壊したのに……」

画面を見つめながらも、口惜しそうに鞍馬がぼやく。

インターネットについては疎くてよくわからない伊吹だが、鞍馬もできることをやってくれるようだ。

「鞍馬くん……！　ありがとう」

鞍馬のその様子に胸を打たれたようで、しみじみとした様子で凛は礼を述べる。

――そうだ、凛。君には俺や鞍馬がついている。椿や阿傍、八尾に瓢、他の御朱印持ちのみんなだって。父上だって。

自分や彼らを心の支えにして凛が一生懸命取り組んでくれたら、それで伊吹はもう満足だった。その結果、麻智に惨敗したって仕方がない。

自分のために凛が闘おうとしてくれている。これほど嬉しさを覚えることなどない。

選挙に敗北したとしても、すべてが終わるわけではない。その時に大蛇の悪行を暴く別な方法を思案すればいいだけの話だ。

こうして伊吹と凛は、すぐさま大江の元へと向かった。ひと月後に迫る決闘で、麻智に対抗できる手段を得るために。

第四章　修行

凛に弓の稽古をつけてほしい旨を前もって伝えるべく、出発前に伊吹が大江に電話をかけたが出なかった。

伊吹の話では、彼は狩りや山菜を取りに行って家を留守にしたり、昼寝をしたりしていることが多いため、応答がある方が珍しいらしい。

だから大江にとっては突然の訪問になってしまった。しかしなんの前触れもなく玄関の戸を叩いた伊吹と凛の姿を見るなり、笑顔で出迎えてくれた。

「よー！　伊吹に凛ちゃん。どした？　なんかあったんか？」

前回の来訪からまだひと月も経っていない。

なにか助けを求めてふたりがやってきたのだと、大江はすぐに察したらしい。

「突然すまない、父上。実は――」

時々相槌《あいづち》を打ちながら、大江は真剣な面持ちで伊吹の説明を聞いていた。

「――そういうわけで。再決闘では凛が勝利……したいところだが、相手も相当な弓の手練《てだ》れだから、難しいようならばせめて善戦したいのだ。それで、前回父上が『もし伸び悩んだりしたら相談してくれよ』と言ってくれただろ。だから早速お願いしに来たんだ」

伊吹の言葉の後、大江はしばらく黙考してから口を開いた。

「なるほどなあ。知らない間にすげー大ごとになってたんだな。俺、テレビもインターネットもほとんどやらないから気がつかなかったわ～。ってか前回会った時も選挙前だったんじゃねーかよ。大ごとを抱えてることくらい、言ってくれりゃーいいのによ」

「すまん……。父上にいらない心配をかけたくなくて」

少しふてくされた様子の大江に、伊吹がバツが悪そうに謝る。

「ま、いいけどさ。お前は昔から、いつも限界まで誰かに頼ろうとせず自分で解決しようとする性分だもんなあ。だから今回、すぐに俺んとこに頼りに来てくれたのはちょっと嬉しいよ」

大江に得意げに微笑まれ、伊吹は少し照れた様子でポリポリと頬をかいた。

「お願いいたします、お義父さん。私に弓を教えてくださいませ。私、麻智ちゃんに勝ちたいんです……！」

ふたりの会話が一段落したところで、凛は改めて頭を下げて願い出た。

すると「凛ちゃん！　俺に頭なんか下げないでいいからっ」と大江が慌てて声をかけてきた。

言われるがまま頭を上げると、大江はやたらと幸福そうな面持ちで瞳を閉じていた。

「……くっ！　こんなかわいい娘ができた挙句に、『お願いいたします、お義父さん』だってよっ。やべーっ。超嬉しい～！　幸せの極みっ。俺、生きててよかった——！」

その瞳からはなぜか涙がだだ漏れている。

思っていた反応と随分異なっていたので、凛は呆気《あっけ》に取られてしまう。傍らの伊吹も呆れたような顔をしていた。

「えっと、あの……」

「もちろんだよ凛ちゃんっ。俺が手取り足取り、懇切丁寧に弓を教えてあげっから！　絶対君を強くするっ」

大江が流しているのは嬉し涙なのだろうけれど、やたらと大げさな喜びように凛は困惑してしまう。

「あ、ありがとうございます……」

それでもなんとか礼を述べると、大江の感動も落ち着いたらしく、急に真剣な面持ちで凛を見つめてきた。

「だけどさ凛ちゃん。次の決闘までもうたったひと月しかないんだ。この短期間にできることは限られてくるし、できるだけ凛ちゃんを強くするためには俺も結構厳しい指導をしなきゃなんねえ。念のため聞くけれど、マジの覚悟はできてんな？」

「もちろんです。望むところです」

凛は即答した。ひと月の間、どんなにしごかれても構わない。それで麻智に勝利する可能性が、少しでも上がるのならば。

しかし凛を大切に想ってくれている伊吹は、険しい面持ちになっている。

「うーん。夫の立場としては凛にはあまり無理はさせないでほしいと言いたいところだがな……」

「なにほざいてんだよ伊吹。凛ちゃんが大事なのはわかっけどよ。無理しないとダメだろうが、今回に限っては」

眉間に皺を寄せて突っぱねる大江。口調こそいつも通り軽い感じだが、その対応はすでに弓の師匠らしい。

「もちろんわかってはいるんだが……。不安だから、俺もできる限りここに滞在して様子を見てもいいだろうか。定期的に俺が口づけをしないと、凛につけた鬼の匂いもそのうち消えてしまうし」

「そんなのダメに決まってんだろ。ってか、匂いについてはそんなに心配しなくても大丈夫だ。ここの集落には俺みてーな俗世には興味ない浮世人か、本能なんてほとんどなくなっちまったじーさんばーさんしかいないからな。人間がいたところでみんなスルーよ」

「そうなのか？」

「そうともよ。ってか、お前凛ちゃんに過保護すぎだ。伊吹がいると凛ちゃんが集中できねー。お前はもう帰れ」

言葉の最後の方は、冷淡ささえ覚えるほどだった。伊吹は一瞬虚を衝かれたような面持ちになる。

しかし凛は、その大江の対応を頼もしく、そしてありがたく思った。彼が本気で自分を強くしようと考えてくれていると肌で感じ取ったのだ。

「伊吹さん、気にかけていただいてありがとうございます。でもお義父さんのおっしゃる通りです。私は大丈夫ですから、伊吹さんはもうお帰りください」

戸惑いの色を浮かべている伊吹を、凛はまっすぐに見つめて神妙な顔で言う。彼を安心させるように、きっぱりと。

「……そうだな。わかった」

凛に断言されて食い下がるほど伊吹も野暮でない。彼は静かに了承して、すぐに立ち上がった。

「俺には俺でやることがあるからな。凛の修行の間、大蛇が古来種として働いた悪事の証拠を集めねば。椿や鞍馬らと協力してなんとか暴いてみせるさ」

「はい。頑張ってくださいね」

「ああ。凛も頑張ってくれ。……そういうわけで父上、凛をよろしく頼む」

伊吹が小さく頭を下げると、大江は満足そうに微笑んだ。

「おー。凛ちゃんのことは俺に任せな」

伊吹は安心したように微笑んで見せると、大江宅から出ていった。

すると大江は凛の方をくるりと向き、こう告げる。

「さて。今日はもう遅い時間だし、決闘の直後だからとりあえず休もうか凛ちゃん……って言いたいとこだけどさ。もはや少しでも時間がもったいねえ状況ってわけ。だから早速今から修行をつけようと思うんだけど、いい？」

「はい……！　よろしくお願いいたします」

間髪を入れずに凛は答えた。

決闘を終えてから大江の元を訪れたため、すでに外は闇に包まれている。

しかし時間が惜しいのは凛も同じだった。麻智に立ち向かう技量を身につけるためならば、一分一秒でも無駄にしたくない。

むしろ、こんな遅い時間に大江の手を煩わせるのを申し訳なくすら感じる。

そこで凛は「あっ」と思い出した。そういえば、修行の前にひとつ聞きたいことがあったのだ。

「お義父さん。これは弱音ではなく、単純な疑問なのですが」

「なんだい？」

大江が小首を傾げる。

「麻智ちゃんには体に付着している些細な匂いでも可視化する能力があって、ひたすら隠れて勝機をうかがう方法は難しいですよね。つまり、真っ向から対峙する実力勝負になってしまうでしょう」

「まあ……。その可能性が高いよな」

凛の問いにどこか含みを持った回答をする大江。

『その可能性が高い』という言葉は、そうではない方法があると示しているようにも捉えられる。

——だけど。どう考えても麻智ちゃんの能力の前では、正面からのやり合い以外あり得ないわよね。

単なる言葉の綾《あや》だろうと思い直した。

「ええ。となると、凄腕のお義父さんに教えていただいて私があらん限りの努力をしたとしても、ひと月で上達する技はたかが知れているでしょう。……仮に私に弓の素質があったとしてもです」

「うん、そうだ。これは確かに、弱音じゃなく冷静な見通しだ。根性論だけの奴よりは、よっぽどいいな」

満足げに大江は頷く。

初めから諦めるなと大江にたしなめられてしまうかもと思っての発言だったので、

彼が自分の意図を理解してくれて凛はホッとした。

「麻智ちゃんは超一流の弓使いと言わしめられています。そんな彼女にたったひと月で、一矢でも報いる術《すべ》を私は身につけられるのでしょうか？」

そう尋ねると、大江は口角を上げて穏やかに微笑んだ。

それまでに彼が見せた人懐っこそうな笑みとはまったく違う。思わず安心感を覚えてしまうような、懐の深さを感じさせる微笑みだった。

「大丈夫。俺を信じてくれよ」

ゆっくりと頷きながら優しく告げる大江の口調に、凛は感動すら覚えた。

「はい……！」

この人についていけば、きっと自分は強くなれる。そう信じ込ませる力が、大江の微笑にはあった。

「まあ、そうは言っても、とにかく弓の基本が上達しないと話になんねーからさ。まずはそっからだ」

「はい！」

「じゃあ早速始めるか～」

大江の宣言と共に凛の修業が始まった。

まず彼が凛に指示したのは、矢を使わずに弓だけを持ち素引きをするという、弦を引く基本の姿勢を学び直すことだった。

整備された弓道場とは違い、実戦では姿勢を崩した状態で矢を放たなければならない場合も多い。しかし基本ができていなければ応用など不可能。きちんとした姿勢で上手に矢を放てて初めて、実戦向けの動きができるのだという。

大江から助言を受けながら、ひたすら凛は素引きを行った。

大江は決して厳しい口調にはならなかったが、凛の弱点はぴしゃりと告げるし、凛の腕が動かなくなるまで休憩を許さなかった。

しかし疲労感は覚えど、つらさはまったく感じない。

ここで踏ん張って、少しでも麻智と戦える技を身につけられるのなら。伊吹の役に立てるのなら。

――生贄花嫁として捧げられた私を、伊吹さんは救って、愛してくれた。そんな彼のために、私は最善を尽くしたい。

伊吹に迎えられた時は、自分の命すらどうでもよかった。虐げられ続けた凛の心は凍てつき、死によってこの世から解放されるとすら考えていた。

しかしそんな凛を伊吹は柔らかく優しい愛で包み、人間らしい感情を取り戻させてくれた。

些細な幸せに微笑み合い、抱き合って互いの体温を感じることが、こんなにも幸福だと教えてもらった。

そんな伊吹のために力を尽くせるのなら、本望だった。

「じゃあ、今日はこの辺にしよう。凛ちゃん、頑張ったな」

そう大江に告げられた時、ふと壁にかけられた古めかしい振り子時計を見たら、すでに日付が変わっていた。

それまでになかった深い疲労感が凛の全身を襲う。

大江が用意してくれた風呂に浸かると、体の芯まで温かさを覚えると同時に、酷使した腕が重さと痛みを覚えた。

麻智と行っていた弓道の練習は、しょせん楽しさを重視した遊びに過ぎなかったのだと痛感する。もちろん、あの時は今のように強くなるために教わっていたわけではなかったが。

――きっと明日はひどい筋肉痛に違いないわ。でも、それを続ければ筋力がつくはずよね。

今なら痛みすら前向きに捉えられる。

風呂を終えた凛は、大江にあてがわれた寝室に布団を敷くと、文字通り布団に倒れ込んだ。そして明朝まで夢も見ず、泥のように深く眠り続けたのだった。

＊

凛を大江の元へ託した翌日。

当然だが、起床した伊吹に『おはようございます』と微笑みかける凛はどこにも存在しない。ゆっくりと味わうように朝食を食べる凛も、鞍馬や国茂とニコニコしながら会話する凛の姿もない。

なにより、伊吹に一日の活力を与えてくれる毎日の恒例行事である口づけを凛とかわせない。

昨日帰宅した時はすでに深夜だったし、選挙やら決闘やらで精神的に疲労していたせいか、すぐに就寝できた。

しかし朝になり一日の初めから凛の姿がない状況に、伊吹はとてつもない喪失感を覚えていた。そして、弓の修行などという厳しい状況に置かれている彼女が心配でたまらない。

「……凛がいない」

昼前、茶の間の壁に背をもたれかけさせながら、とうとう寂しさからそんな言葉を吐いてしまう。

魂が抜けたような伊吹の姿を見た鞍馬は、ぎょっとした面持ちになった。

「いや、当たり前じゃん……？　麻智って女との決闘で勝つために父さんのところに置いてきたんだからさ。伊吹、今さらなに言ってんの？」

「わかっている。頭ではわかっているのだが……」

呆れたような鞍馬の問いかけにも、弱々しい声でしか答えられない。

そう、納得はしている。しかし心がまったく追いつかないのだ。

凛と長期間離れ離れになったのは、『九尾島《きゅうびとう》』で彼女が誘拐された三日間のみ。あの時は凛が行方知れずという状況だったため、断然今よりも不安は大きく憔悴《しょうすい》するほどだった。

しかし今回は、約一カ月間凛に会えないことがすでに決定づけられている。凛が愛しくてたまらない伊吹にとっては、気が遠くなるほど長い期間に思えてならなかった。

「あー……。寂しい切ない、凛……」

「その状態でよく父さんのところに凛ちゃんを置いてこれたな。頑張ったね、伊吹。しっかし『最強』の鬼の若殿も形なしだな」

か細い声でぼやく伊吹に、鞍馬が憐れみの言葉をかける。

しかし、いつまでも凛恋しさにへこんでいるわけにはいかない。自分にはすべきことがある。

──凛も頑張っているのだから、俺も必ずやり遂げねば。

伊吹はすっくと立ち上がり、鞍馬に声をかけた。

「鞍馬。お前に頼みがあるのだが」

「えっ？　切り替え早っ。さすがメンタル強いなー。んで、俺に頼みってなに？」

「実は──」

伊吹が言いかけた時、インターホンが鳴った。

モニター越しに来客対応をする国茂が振り返り、伊吹にこう尋ねた。

「伊吹。椿さんと潤香さんが来たよ。通していいかな？」

「ああ、頼む。……特に来訪の約束は受けていないのだが。なにか大蛇についてわかったのかもしれないな」

国茂の案内で、慣れた様子で茶の間に入ってきた椿と潤香。

いつものように、潤香が国茂に手土産を渡している。人間界で有名な高級羊羹《ようかん》店の紙袋だった。

椿と潤香、鞍馬と共に四人でちゃぶ台を囲むように座ると、椿が眉をひそめて不思議そうに首を傾げた。

「あれ？　凛ちゃんはどうしたの。アルバイトかい？」

伊吹は表情を曇らせる。

さっきせっかく気持ちを切り替えたところだったというのに。

「凛は……。俺の父、大江のところで弓の修行中だ……」

「だから次の決闘の直前まで帰ってこないよ」

消え入りそうな声で言う伊吹に、鞍馬が説明を付け足す。

すると椿は瞬時に状況を把握したらしく、頷いた。

「あー。大江といえば『与一』の。なるほど、それはいい考えだね。……で、だから伊吹はこんなに覇気がないってわけか」

「……そうだ」

取り繕う気も起きなくて、暗い声で答える。さすがの椿も「お、おう。まあ頑張りなよ」と若干引き気味に励ました。

すると国茂が「おもたせですみませんが」と言いながら、椿が持ってきた羊羹と茶を皆の前に配膳し始める。

その光景を横目に、気を取り直した伊吹は口を開いた。

「まあ、それはさておきだ。なにか大蛇についてわかったのか？　この状況での来訪は、まさかただの暇つぶしではないだろう」

「まあね」

切られた羊羹を爪楊枝《つまようじ》で刺しながら、椿は不敵に微笑む。

「凛ちゃんの妹も誘拐された大規模誘拐事件があっただろう。あの事件に大蛇も関わっていたようだよ。ひょっとしたら主犯かも」

人間界とあやかし界をつなぐ鬼門をこじあけ、古来種派によって行われていた大規模誘拐事件。伊吹一味の活躍によって、捕らえられていた人間はすべて救い出され、関わった古来種たちは逮捕された。

しかし主犯は手下をしっぽ切りにする形で罪を逃れ、いまだに誰かは判明していない。

その際、古来種派だった椿が鬼門を開けるのを少し手伝ったと話していたのを、伊吹は覚えている。彼は本当に少し手を貸しただけで、主犯の正体については存じていないはずだったが。

「あれだけ大きかった事件だ。古来種派の幹部である大蛇もきっと関わっていただろうって俺は踏んでさ。昨日の決闘の後、岡《おか》っ引《び》きたちと親しい阿傍の手を借りて、あの時捕まえた犯人の何人かに聞いたんだよ。とーっても優しくね」

「優しく、ねえ……」

鞍馬が顔を引きつらせる。

逮捕の際に口を割らなかった犯人が、今さら真実を話すとは思えない。椿のことだから拷問かそれに準ずるなにかを行ったに違いない。

「ふふ。阿傍にも『まあ……私は見なかったことにしよう』って言われちゃったよ。彼女も主犯を捕まえたくはあるみたいだからさ」

「……。それでその犯人たちが大蛇の名を出したのか？」

伊吹が真剣な面持ちで問う。

「まあそんな簡単にはいかなくてね。やっぱり犯罪組織だからさ、主犯が直接下っ端と接する機会は少なかったみたい。時々姿を現しても、目だけ出ているローブを着ていたらしくって」

組織での活動は、想像以上に警戒して行われていたらしい。裏切り者やスパイを用心してだろう。

「だけど、目元だけでも結構な情報になるんだよねー。至近距離でリーダーを見たひとりがこう証言したんだ。鱗がある、緑の肌だったようだってね。あと声が中高年の男性だったって」

「……やはりか」

実は伊吹も、ひょっとしたら件《くだん》の誘拐事件には大蛇が関わっているのではないかと推測していた。椿の来訪の直前に鞍馬に頼みかけたのもそれに関わることだった。

鞍馬の友人である狛犬の火照《ほでり》と、その恋人であり人間の玉姫《たまき》。彼らは事件の被害者であり、捕らえられていた際に主犯と顔を合わせていた可能性がある。

ふたりは結婚するため人間界に移り住んだが、仲のいい鞍馬は時々テレビ電話で会話していた。そこで鞍馬を通して、火照と玉姫にあの時のことを思い出してくれないかと尋ねようとしていたのだった。

「情報提供、感謝する、椿。そのリーダーのあやかしは、状況的には大蛇と考えてよさそうだが……。ひとりの証言だけでは決定的な証拠にはならんな」

「そうなんだよ。物的証拠が欲しいよね、やっぱ。だけど今さら現場になにか残っているとは思えないしなあ」

椿は困ったように顔をしかめた。

誘拐事件の解決は数カ月前だ。すでに岡っ引きたちが現場を洗って事件の物証を集め終えているはずである。

「うむ……。それでさっきお前が来る前に鞍馬に頼もうとしたのだが、事件の被害者である火照と恋人の玉姫になにか覚えていることがないか聞こうと思ってな。彼らは人間界に住んでいるから、テレビ電話になってしまうが」

「あっ、さっき言いかけたの、それだったの？　おっけー、じゃあすぐ火照に電話かけてみるよ」

伊吹の言葉を聞いて、すぐに鞍馬は自分のノートパソコンを持ってきてちゃぶ台の上に置いた。そしてテレビ電話ツールを立ち上げる。

火照はすぐに応答し、ノートパソコンの画面に彼の顔が映し出された。

向こうはスマートフォンを使用しているらしく画面が揺れているが、彼の背後に玉姫の姿もちらちらと見えた。

『よー鞍馬。あれ、伊吹さんもいるじゃん。それと……えっ、椿さん⁉』

伊吹の隣にいる椿の姿を見て、火照は驚愕したようだった。椿のあまりよくない噂を知っているのだろう。

そんな彼が、鬼の若殿と共にいるのだから驚くのも無理はない。

「初めまして、椿ですー。俺、世間ではいけすかない奴だって思われてるみたいだけど、凛ちゃんに御朱印を押した身だから今は君らの味方だよん」

軽い口調で毒気のない笑みを浮かべて椿が自己紹介をする。そんな彼の様子に火照は困惑の表情を浮かべていたが。

『は、はあ。まあ凛さんと同胞なら……。俺は別にいいっすけど』

渋々といった様子で答える。

「話が早くて助かるよ。さすが人間界に移り住んだだけあって、頭が柔らかいね」

そんなふたりの初対面の挨拶が終わったところで、鞍馬が本題を切り出した。

「あのさー。例の誘拐事件についてふたりにちょっと聞きたくってさ」

『え？　なんで今さらそんなこと。てか、岡っ引きの連中に事情聴取されて、もう散々話したけど』

「その辺を詳しく知りたいのっぴきならない事情が出てきちゃって。実は――」

鞍馬が、次期あやかし界の頭領決めに関わることをかいつまんで説明する。

火照は時折相槌を打ちながら神妙な面持ちで聞き入っていた。傍らでは、玉姫も耳を傾けている様子が見える。

『なるほど……。それで主犯の奴の特徴を知りたいってわけか』

すべてを把握した火照が頷く。

「そうなんだよ。あの時、主犯っぽい奴らにふたりは会ってないかなあ？」

『うーん。どうだったかな。俺は変な薬打たれて呪いかけられちゃったから記憶が曖昧なんだよなあ。玉姫はどう？』

火照に話を振られた玉姫は、考え込むようなポーズを取りながら口を開く。

『えーと……。私は捕まってすぐに牢《ろう》に閉じ込められちゃったので。見張りとか、食事を持ってくるあやかしとは会いましたけど、リーダーのあやかしはきっとそんな雑用はしないですよね。だから、たぶん会ってないと思います』

「そっかー。だよねえ」

玉姫の回答に鞍馬は落胆した様子だ。

――なにか小さな手がかりでもないかと期待してふたりに聞いてみたが。そう簡単にはいかないか。火照もあまり記憶がないようだし。

半ば諦めつつも、伊吹は火照に改めて尋ねる。

「火照、お前もやはり会っていないか？　記憶を手繰り寄せてほしい。お前が打たれた呪いの薬は貴重なものだ。下っ端がおいそれと持ち出せないはずだから、お前の方が主犯に会っている可能性が高いのだが」

『って言われましてもねえ……。うーん。確かに薬を打たれた時にひとり偉そうな奴がいたような気はするっすけど』

「なんだと！　そいつが主犯かもしれない」

「なんか思い出してっ！　どんなことでもいいから！」

食いつく伊吹に、鞍馬も興奮した様子で続く。

火照の記憶次第で形勢逆転の証拠が得られるかもしれない。藁《わら》にもすがる思いだった。

『そう言われてもなあ……。目元しか出てないローブを着ていたし、種族もわからないっすよ。声的にそんな若くない男だったってことくらいしか』

困ったように言葉を吐き出す火照。

特徴的に、捕まった犯人のひとりから椿が聞き出したものと合致はしている。しかし、新たな手がかりではない。

「……そうか。突然連絡をしてすまなかったな、火照。ありがとう」

『こちらこそ、大した情報がなくて申し訳ないっす……。なんか思い出したらまたご連絡するっすね』

伊吹に協力できなかったことが残念だったようで、眉尻を下げた火照がしおらしく告げた。

「ああ、よろしく頼む」

伊吹が頷くと、鞍馬がパソコン内蔵のカメラに映り込むように身を乗り出してきた。

「火照、ありがとね。玉姫ちゃんもっ！　本当にありがとう！」

満面の笑みを浮かべて、大層嬉しそうに画面の中の玉姫に手を振る。彼女は控えめに微笑むと『うん、またね』と告げた。

すると『俺に対する時とテンション違くね……？　ま、いつものことだけどさー。鞍馬、じゃーな』と苦笑を浮かべた火照が通話を切り、画面は暗転した。

「あー。今日も玉姫ちゃんは最高にかわいかったな〜。やっぱりいーなー、人間の女の子は」

とても上機嫌の鞍馬。さすがに親友の彼女に横恋慕しているわけではないだろうが、人間女子が好みと豪語する鞍馬は少し関われるだけで嬉しいようである。

そんな鞍馬に、伊吹は呆れた視線を向ける。

「鞍馬、お前相変わらずだなあ……」

「えー、だって凛ちゃん以外の貴重な人間女子の知り合いだもん！　そりゃテンション上がるっしょ！」

「いや俺はよくわからんが」

「伊吹は凛ちゃんっていうかわいいお嫁さんがいるからだよっ。自分がいかに幸せな環境にいるかもっと自覚しろ！」

鞍馬は口をとがらせる。

これ以上のやり取りは面倒なので、伊吹は口を閉ざした。

もちろん凛がそばにいることに大きな幸せは感じているが、別に彼女が人間だからというわけではない。

「……鞍馬さん。人間の女性がお好みなのですね」

その光景を眺めていた潤香が、ぼそりと小さな声で呟く。無表情だったが、どこか切なそうに伊吹には見えた。

「え？　まーね！　まあ人間だからっていうよりは、奥ゆかしくて女の子らしい子が好きっていうか。あやかしの女の子って、気が強い人が多くてそういう子少ないじゃん？　だから人間の子ばっかり目が向いちゃうんだよね〜」

常に恋人が欲しいと豪語しているわりに、自身に向けられている矢印に対しては鈍感極まりない鞍馬は、あっけらかんと答えてしまう。

潤香は「私はあやかし……」と消え入りそうな声を漏らした。いたたまれない光景に、伊吹の胸が痛む。

すると椿が、鞍馬の頭をわしゃと無造作に掴んだ。

「えっ!? な、なに椿!」

「おい、このくそ天狗。うちの潤香を傷つけやがったな? どう落とし前つけんだこら」

いつもの優雅な口調はどこへ消えたのか、質の悪いチンピラのような口調で鞍馬にすごむ椿。

以前、潤香がほのかな好意を鞍馬に見せた時は『お前みたいなチャラ男が遊びで手を出したら問答無用で殺す』と脅していたくせに、鞍馬の方から潤香を拒む（実際は拒んでいるわけではないが）のは、許せないらしい。

「はっ? ど、どういうこと!? 俺は別に——」

「うるせえ黙れ。次は許さないからな。『蓬莱山《ほうらいさん》』の樹海に埋めんぞ」

「な、なんなの!? まさか、冗談だよねっ? 椿がそういうこと言うと本気っぽくて怖いんですけどっ」

椿の脅し文句に鞍馬は涙目になっている。

そんなふたりのやり取りは耳に入っていないらしい潤香は、茶の間の隅でひとり膝を抱えていた。

眼前のコミカルな光景に苦笑いを浮かべつつも、大蛇の新たな情報を得るべく、伊吹は思考を巡らせていた。

——火照がなにか思い出してくれるといいのだが……。ダメ元で誘拐事件の現場に行ってみようか。

凛は今頃、大江にきつい指導を受けているだろう。父のことだから無理難題を吹っかけはしないだろうが、妖力もなく体力も低い凛にとっては厳しい生活には違いなかった。

その間、自分もできる限りのことをして、大蛇の悪行を暴く手がかりを発見せねば。

凛と共に、自身があやかし界の頭領になる道を歩むために。

＊

凛が大江の元で修行を始めて、一週間が経過した。

一日中、ただひたすら弓の基本を学ぶ日々が続いている。

三日目くらいまで筋肉痛がひどく、起床後は腕も上がらないくらいだったが、ここ数日は腕の痛みは引いてきている。

筋肉がついたということだろうか。そう考えると、深い達成感を覚えた。

そして今まではひたすら大江の自宅の中か庭で弓の鍛錬を行っていたが、今日は草木の生い茂る山の中に連れ出された。

すると大江は上機嫌な顔をしながら、口を開いた。

「今までよく頑張ったな、凛ちゃん。君、マジ集中力あるし、真面目だな。まさか一週間でそれなりに基本を身につけちゃうとは思わなかったよ。二週間はかかると想定してたからさ」

「本当ですか？　ありがとうございます……！」

指導の際の言葉は優しかったが、それまで大江から褒め言葉を聞いた記憶はなかったので、突然の称賛を受けて嬉しさが込み上げてくる。

「うん。だから今日からいよいよ実践に移ろうと思うんだ。そのために森に来たってわけよ」

「はい、かしこまりました。実践……というと、弓で動物を仕留めるといったところですか？」

「そう、察しがいいな。動物を仕留められなきゃ、凄腕の麻智ちゃんに一矢報いることなんてまず無理だからね。だけど獣たちはあやかしや人間よりもずっと本能が強く、危機管理能力も高い。特にあやかし界の動物は、危険が多いからか人間界の動物よりもずっと勘が鋭いんだ。舐めちゃいけないよ」

伊吹と共にここにやってくる途中、猪やカモシカを数匹見かけたが。ふたりの姿を見るなり目にも留まらぬ速さで去っていった。

——確かにお義父さんのおっしゃる通りだわ。無造作に近寄っても逃げられてしまうわよね。

「なるほど……。息を殺して、気配を消して近づかないとなりませんね」

「まあ簡単に言うとそうだね」

「でも、私は気配を消す、という行為がよくわからないのです。伊吹さんや鞍馬くんは、敵対するあやかしに対してよくやっているようですが……」

そもそも誰かと戦うこと自体、この前の決闘が初めてだった。そんな戦闘向けの能力など、当然持ち合わせていないし理屈もわからない。

「だろうな。でも俺は最初に全部説明しちゃうやり方は好きじゃなくってさ。まず、自分の思うようにやってみてよ。そして次は自分なりに工夫してみて。それでもしんどいようだったら、そん時は俺が助言してあげるから」

「……わかりました」

一週間を共に過ごしてわかったが、大江は理屈ではなく体で覚えさせる教えを好むタイプだった。理論で頭でっかちになるよりも、自身でまず苦労した方が身につく、というのが彼の持論らしい。

すでにそのやり方で基本を身につけられた凛は、彼のその指導方法を信頼している。

「そういうわけで、凛ちゃんの思うやり方で獣を仕留めてきといで」と指示されるがまま、森の中を凛はひとり進んだ。

仕留めるといっても、大江から渡された矢は矢じりがゴム製だった。麻智との決闘の時に使用した物と同種だろう。

これならば、矢が当たった獣も少しの痛みを覚える程度だ。この矢を一発でも獣に当てれば〝仕留めた〟ということにしてくれるらしい。

無用な殺生はご法度。それが大江の信条だった。

まずは茂みに身を隠しながらなるべく足音を立てずに動き回り、付近に動物がいないか探す。

すると猪や狸《たぬき》を何匹か発見はしたが、「あっ、いた」と凛が思った瞬間にはすでに逃げられていた。想像以上に、彼らはこちらの動きに敏感だ。

その日は結局、動物に矢を当てることはできなかった。

あくる日。昨日の失敗を考慮し、森の奥まで入ったところまで進むと、あまり身動きは取らないように注意した。動物の方から近づいてくるのを待ったのだ。

その結果、出会った個体の数は減ったものの、昨日よりも至近距離で彼らの姿を拝むことができた。

息をひそめて身動きを取らない間は、彼らは凛の存在に気づかない。しかし……。

「……あっ」

弓を構えようとしたら、そばにいた狐《きつね》に逃げられてしまった。

これで何度目だろうか。毎回、攻撃しようと凛が少しでも動いた瞬間、動物たちに察知される。次はもっと息を殺して、音を出さないように……と自分なりに工夫をしながら幾度となく獣を狙ったが、毎回あっさりと気取られてしまうのだ。

その日は一匹も仕留められずに終わり、あくる日も、その次の日も失敗を重ね、あっけなく七日も時が経ってしまった。

そしてその日、大江宅での夕餉《ゆうげ》の時間にて。凛は意を決して口を開いた。

「お義父さん。どうしても気配の消し方がわかりません。少しでも動作したら動物たちに気取られてしまうのです。ご教授お願いしたいです」

できるだけ自分で解決したかったが、このままでは悪戯《いたずら》に時が過ぎてしまう。再決闘までもう二週間を切っている。

するると鍋の中をお玉でかき混ぜていた大江は手を止めて、凛をじっと見つめた。

「そうだねえ。凛ちゃんはなかなかいい線いってるんだけど、あと一歩なんだよ。ただ息を立てない、音を出さないってだけじゃ、気配を消したことにはならないんだよなー」

「そうですよね……。自分なりにいろいろ考えてはみたのですが、『気配を消す』ということがまだ理解できていないようで」

「そっかあ。じゃあ重大ヒントだよ。森の動物たちの中には、狐とか鷹《たか》といった肉食動物もいるよね。彼らはしょっちゅう草食動物を捕まえている。そうしないと食料にありつけず死んでしまうからね。なぜそれができると思う？」

「うーん……」

考え込む凛。

確かに、殺した野ウサギをくわえて歩いている狐を今日は目にした。狐には凛のような飛び道具すらないというのに。

「すみません……。わからないです」

しばらくの間思考を巡らせたが、まったく答えが出てこない。

言った後、あまりに諦めが早い上に正直すぎたかもしれないと後悔した。

すると大江は気を悪くした様子もなく、笑ってこう答える。

「彼らは自分も森の一部だと思っているからさ。自然の中に自身を溶け込ませているんだ。そこにいるけれど、いない。本能でそうする術《すべ》を身につけているってわけ」

「そこにいるけれど、いない……？」

言葉で優しく説明してくれたのはありがたかったが、意味はよくわからなかった。

「そうなんだよ。ま、俺が教えられるのはここまで。あとは凛ちゃんが考えてみて」

「は、はい」

もう少し具体的な話を聞きたかったが、そう断言されては食い下がれない。

――自分も森の一部、そこにいるけれどいない……。

夕飯の後も入浴中も就寝前も、大江の言葉を胸中で何度も反芻《はんすう》する。

しかしそうするために自分がなにをすればいいのかは、凛にはまったく見当もつかなかった。

すると、人間界にいた頃の夢を見た。

家では朝から晩まで家事を押しつけられ、少しでも家族の気に障った言動をすると罵られる。小学校では瞳が赤いのを理由に級友に爪はじきにされ、陰口を叩かれ、持ち物を捨てられる。

思い出したくもない、すべてが灰色だったあの時代。この世には絶望しかないのだと、なにもかもを諦めていた暗黒の頃。

時折全部がどうでもよくなることがあった。そんな日は下校中に近所の広い森林公園の中でひとり佇《たたず》むのだ。早く帰宅して雑用をこなさないとどやされてしまうのに、後のことなど考える余裕すらなかった。

――このまま消えてしまいたい。森の中に溶けてしまいたい。

風で揺れる木々の葉をぼうっと見ながら、ひたすらそう懇願した。

誰も助けてくれず、泣きわめいてもなにひとつ変わらないこの世界に、存在意義など見出せない。

――どうかどうか。私をこの世から消してください。

切に願いながら静かにゆっくりと呼吸をしていくうちに、やたらと穏やかな気持ちになったのを覚えている。

自然と耳に入る木々のざわめきや鳥のさえずり。鼻腔《びくう》をくすぐる爽やかな風とみずみずしい土の匂い。

瞳に映るのは心落ち着く植物の緑と、それらの隙間から見える青空。

敷地の広い公園だったため、ウサギやリスといった野生の小動物がその森で暮らしていたらしい。森と呼吸を揃えて静かに直立する凛の横を、彼らは何食わぬ顔で通り過ぎた。まるで凛を木々の一本としか考えていないように、無防備に――。

そこで凛はハッと目を覚ました。

だんだん見慣れてきた、大江宅のあらわし梁《ばり》の天井が目に入る。

もう何年も前の、忘れかけていた頃の夢だった。いや、人間界で暮らしていた頃を思い出すと暗澹《あんたん》たる気持ちになるため、なるべく過去を振り返らないようにしていたのだ。

──だけど今回見た夢で、当時のことを思い出せてよかった。

幼く、なにもかもに怯《おび》えていた過去の自分。あの森深い公園だけが、唯一の逃げ場所だった。

そして森の中で佇む自分は、確かに森の中に溶け込んでいた。この世から消えてしまいたいというあまりに強い思いのおかげで。

あの感覚はうっすらとしか覚えていない。しかし過去の自分にできたのだから、今の自分にだってできる可能性は高い。

夢から大きな手がかりを得た凛は、その日早速過去の記憶を手繰り寄せて、あの時と同じように森の中に溶け込もうとした。

ただし、幼かった自分を支配していた消失願望が今の自分には存在しない。

その代わりに凛の中に生まれたのは、愛する伊吹に力添えしたい、そのために成長したいという切な思い。

だから凛は、こう願った。

——森に生きる動物たちよ。野生に生きるあなたたちの強さを、私に貸してください。

彼らのように森に溶けたい、自然とひとつになりたいと強く祈る。

そして森の声と匂いを全身で感じながら呼吸を彼らに合わせ、忘れかけていた感覚を思い起こして自然と溶け込む。

一日目はまったくうまくいかなかったが、二日目は近くに一匹の狸がやってきた。

三日目、狐や狸、猪が何匹も凛の傍らを通り過ぎる。

しかし弓を構えようと身じろぎした瞬間、自分の中に雑念が入ったのか彼らは脱兎《だっと》のごとく逃げ出してしまった。

——余計なことを考えてはダメ。私は森の中の一要素に過ぎない。自然との調和を乱してはいけない。

ただ静かに淡々と、自然に身を任せる。

それが『彼らは自分も森の一部だと思っているからさ。自然の中に自身を溶け込ませているんだ。そこにいるけれど、いない』という大江の助言の示すところ。

そして過去の夢を見てから一週間後。凛はようやく、一匹の獣にゴム矢を命中させられたのだった。

第五章　『与一』の大江

凛を大江の元に託してから、もうすぐ三週間が経とうとしている。

起床して隣に凛がいない光景にも慣れて……いや、まったく慣れない。毎日性懲りもなく深い寂寥感《せきりょうかん》に伊吹は襲われている。

何度、大江宅に電話しようと黒電話の受話器を持ったか。

しかし凛は自分の勝利のためにつらい修行に耐えているのだと言い聞かせ、ダイヤルを回すことなく受話器を置くのだった。

この三週間、伊吹は伊吹で大蛇の罪を暴くために東奔西走していた。

まず、誘拐事件の解決に協力してくれた糸乃や阿傍といった面々に、あの時の件を改めて尋ねてみた。また、人間たちが囚われていた現場に赴いて、なにか大蛇にまつわる証拠が落ちていないか探索もした。

しかし新たな情報は得られず、それらの行動は徒労に終わった。

大蛇はよほど用心して行動していたようで、裏社会に精通している椿もあれからなにも手がかりを得られていないそうだ。

火照からもあの後連絡がない。やはりなにも思い出せないのだろう。

――まずいな、手詰まりだ。選挙まであと一週間しかない。明日、もう一度誘拐事件の現場でも行ってみるか……？

そう考えながら、お伽仲見世通りから自宅への帰路に就く。

今日は、懇意にしている商店街のあやかしに挨拶回りをしてきたのだ。

軽く会話した印象では、伊吹を応援している素振りを見せてくれた。しかし内心はやはりわからない。動画について『奥様だけど、あんなに弱くて大丈夫なんですかい？』と言及してくる者もいた。

やはり次の決闘で凛が善戦しないと、選挙での勝利は難しいだろう。

帰宅し、茶の間に入って嘆息しながらちゃぶ台につく。鞍馬はノートパソコンを開き、慣れた手つきでキーボードを打っている。

「また決闘の動画にコメントしてくれているのか？」

伊吹が尋ねると、鞍馬は画面から目を離さずに頷く。

「まーね。俺にはこれくらいしかできないし。まあ、そんなに効果があるとは思えないけどさ……」

自嘲気味な鞍馬の口調だった。

彼は暇さえあれば決闘の動画に凛を擁護するコメントを記入したり、SNSで鬼陣営を推す呟きを投稿したりしている。

鞍馬は効果のほどを案じているようだが、ネット関係には疎い伊吹なので、彼が自分にできないことをしてくれるだけで嬉しい。

「いや、助かる。ありがとう鞍馬」

「あ、うん。別にこれくらい大したことじゃないよ」

伊吹に礼を言われた鞍馬が、照れ笑いを浮かべた時だった。

ノートパソコンの脇に置いていた鞍馬のスマートフォンが震えた。ふと伊吹が画面を見ると、【火照】と表示されている。

鞍馬は瞳を輝かせる。

「火照からだ！　もしかして誘拐事件についてなにか思い出したのかな⁉　……はいはい、鞍馬だけどっ？」

通話ボタンをタップし、スマートフォンに向かって鞍馬が話しかける。

伊吹も会話に加わりやすいよう、すぐにビデオ通話に切り替えてくれた。

『おー鞍馬。今ちょっといいか』

画面に火照の顔が映る。今日は玉姫は不在なのか、彼女の姿は見えない。

いつもなら玉姫がいないとテンションが急落する鞍馬だが、さすがにそんな場合ではないらしく、興奮した様子で矢継ぎ早に言葉を紡ぐ。

「誘拐事件の件だよねっ？　なんか思い出したの⁉」

『まあ、そうなんだけどよ。でもそんなに大した話じゃねーと思うわ。あんまり俺を期待に満ちた目で見ないでくれ……』

感情が高ぶっている鞍馬とは対照的に、火照が控えめに答える。

「構わない、火照。どんなに小さなことでもいいから、俺たちは手がかりが欲しい状況なんだ」

すがるような気持ちで伊吹が言う。

ここ数週間、まったく新しい材料が得られていないのだ。些細な情報でも心からありがたい。

『そうなんすね……。でも俺が思い出したのって、本当に小さなことなんすよ。伊吹さんががっかりしないかな』

「もう！ 焦《じ》らさないで教えてくれよっ」

鞍馬が早口で懇願すると、火照は苦笑を浮かべる。

『わーったよ、落ち着け。……で、俺が思い出した記憶なんだけど。俺を捕まえた奴に、ひとり偉そうな奴がいたって言ったじゃないすか。そいつ、なんか知んないけどひたすら体をかいていたんすよね』

「体をかいていた……？」

伊吹の問いかけに火照が頷く。

『それと、手下に「気にするな、そういう時期なんだよ」って言ってたっけ。季節性の皮膚病とかだったんかな？』

「うーん。どうだろ……？ 鱗のある龍族は皮膚強そうだからなあ」

鞍馬が困ったように眉をひそめた。

それを見て、火照はバツが悪そうに微笑む。

『あー、やっぱり大した話じゃなかったよなあ。忙しい時にくだらないこと言ってごめ──』

「いや、火照。それはとても重要な情報だ。ひょっとしたら、物的証拠が手に入るかもしれない」

火照の謝罪を伊吹が遮った。すると鞍馬も火照も首を傾げながら伊吹を見つめる。

「え、伊吹どういう意味？」

『こんなのがなんで証拠につながるんすか？』

「その主犯らしき男が皮膚をかいていたのは、おそらく皮膚病ではないだろう。もしそいつが大蛇だとしたら、龍族だ。そして鱗持ちの龍族といえば、年に一回必ず訪れる生理現象がある」

そう説明すると、鞍馬が「あ！」と声を上げながら手を叩いた。

「脱皮だねっ？」

「そうだ」

龍は、トカゲや蛇と生態が似ている。特に鱗が肌にあるタイプの龍族は最たる例で、脱皮をしたり変温動物のように周囲の気温に合わせて体温が変動したりする。

鱗がない肌の龍族は脱皮しないらしいが、大蛇は全身緑色かつ鱗持ち。確実に脱皮をする。

『つまり、その脱皮した大蛇の皮の破片が誘拐事件の現場に落ちているかもしれないってことすか？』

火照も理解したようで、考え込むような面持ちで尋ねる。

「ああ、そうだ」

『なるほど……。だけど、あれから何カ月も経っているから残っている可能性は低そうっすね……』

「それでも、捜してみる価値はある。状態のよい皮を発見できればＤＮＡ鑑定で一発だから、ぜひとも手に入れたいところだな」

火照の言う通り、脱皮した大蛇の小さな皮の一部を見つけ出すのは至難の業だろう。しかしやっと手に入れられそうな、状況を打破できるかもしれない手がかりなのだ。希望を見出さずにはいられない。

「そうと決まれば人海戦術だねっ。伊吹、仲間たちに現場に集合してもらおうよ」

「そうだな。俺たちも早速向かおう」

鞍馬と共にすっくと立ち上がる伊吹。

『俺はそっちに行くのはなかなか難しいから、大蛇の皮の捜索には加われないけど。

陰ながら応援してるっす』

火照は画面の中から励ましの言葉をくれる。

「ありがとう火照」

「ほんとマジで！　今度なんか奢《おご》るっ」

伊吹は鞍馬と共に、彼に向かって微笑みかけた。

『ははっ。楽しみにしてるわ。じゃーまたな、伊吹さんに鞍馬』

「ああ、達者でな」

「玉姫ちゃんにもよろしく！」

簡単な挨拶をかわした後、鞍馬が中腰になってビデオ通話をオフにし、パソコンの画面を閉じた。

その後、ふたりはすぐに信用の置けるあやかしたちに「証拠探しを手伝ってほしい」と連絡を取る。

そしてすぐに、誘拐事件で人間たちが囚われていた現場へと向かった。大蛇が事件に関わったと証明できる物的証拠——脱皮した龍の皮の一部を手に入れるために。

＊

「凛ちゃんマジすげえわっ。今の一撃は、見事としか言いようがねえ！　俺、別に手加減とかしてないのに普通に食らっちゃったもん！」

思わず興奮した大江は、早口で凛を称賛する。

大江宅近くの山林の中で、ふたりはいつものように弓の修行に取り組んでいた。

凛が大江に教えを請いに訪れてから、もうじき一カ月が経とうとしている。

弓の基本と気配を消して獣を仕留めることを無事にクリアした凛は、次の段階に進んでいた。

それは、本気で身をひそめる大江に対し、ゴム矢を一発でも当てるという課題だった。

人間界の獣よりも感覚が鋭敏なあやかし界の動物を仕留めるのも、弓道を始めて一カ月そこらの凛には難題だったはず。

しかしあやかしの、しかも弓の名手である大江に一撃を食らわすなんて、さらなる難問に違いなかった。

だが凛は大江にこの課題を与えられてから、なんとものの三日でクリアしてしまったのだ。

凛に向けた言葉通り、もちろん大江が手加減をしたわけではない。息を殺し、彼女に気取られないように本気で身をひそめた。

しかし気配を消した凛の痕跡は、大江にはまったくたどれなかった。本当に彼女が自分の周りに隠れているのか、諦めて帰宅したのではないかと疑ってしまうほどに。

凛は、自分を森の中の一部だと思えという大江の教えを実践していたが、一部自己流で気配を殺している。

実際に自分の存在をこの世から消しているような、消失願望を感じさせるほどの存在感の薄さ。

——この子、たぶん昔に、この世界から消えてしまいたいって心から考えたことがあったんだろうなあ……。

夜血の乙女の赤い瞳は、人間界では不吉の証とされる。伊吹に娶《めと》られる以前、凛は周囲の皆に虐げられていたのだろう。

自分が慕った先代の夜血の乙女——茨木童子と同様に。

——それにしても恐るべき集中力と忍耐力だな、凛ちゃんは。

人間だから、並みのあやかしと比べても、体力も運動神経も相当劣るのは間違いない。

また、約一カ月間凛を観察した様子だと、彼女は人間の女性の中でもとりわけ運動能力が高い方ではないだろう。しかしそれを補ってあまりあるほどの辛抱強さ、ひたむきさ、真面目さが凛には備わっていた。

弓を扱うには、精神を研ぎ澄ますことがもっとも重要である。凛には天性の素質があったと言っても過言ではない。

――いや。天性ってよりは、生い立ちが凛ちゃんをこの辛抱強い性格にしたような気がするけどな。

伊吹のために麻智に一矢報いたいという凛の願いは、きっとあやかし界を訪れる以前の彼女の悲惨な人生がなければ、まず叶わないだろう。

現段階では、もう少しで麻智に食らいつける可能性が生まれている。だが今のままではまだ不可能だ。凛が麻智に勝利するためには、あと一段階彼女がレベルアップする必要がある。

「ありがとうございます、お義父さん」

はにかんだように小さな笑みを浮かべる凛。初めて会った時よりも、随分顔つきも凛々しくなった。大江が与えた難題をいくつも達成し、自信がついてきたのだろう。

――だけどよ、凛ちゃん。今のままじゃまだ勝てない。そして俺が教えられるのは、ここまでなんだ。

「うん。俺が凛ちゃんにやってほしかった修行はこれで終わりだよ。本当によく頑張ったな～」

「え……」

大江のねぎらいの言葉を聞いて、凛は虚を衝かれた面持ちになった。

——そりゃそうだろうな。

大江は凛の思考が手に取るようにわかった。

凛も、今のままでは麻智に勝つ術《すべ》はないと十分に理解している。

「お義父さん。弓の技術、気配の消し方は自分なりに身につけたつもりです。でも今のままでは、麻智ちゃんは私を——」

「うん。麻智って子は、ほんの少しでも匂いがあれば可視化できる能力がある。だからどんなに凛ちゃんが気配を消したところで彼女には居場所を気取られてしまうなあ」

凛の言葉を遮り、彼女の言わんとしている内容を先に説明してしまう。

凛はしばらく言葉に詰まった後、弱々しい声でこう言った。

「お義父さんのおっしゃる通りです。では私は麻智ちゃんとどうしたら戦えるのですか……？」

懇願するような瞳。

義理の娘の健気さにほだされ、大江はうっかりその方法を教えてしまいそうになる。

——いや、ダメだ。これは凛ちゃんが自分で気づかないとならねえ。

大江が方法を示せば、凛は嬉々としてその通りにし、きっと麻智に一矢報いられる。

だが彼女は鬼の若殿の花嫁。自分で道を切り開かなければ、今回は乗り越えられたとしても次また壁にぶつかった時に打ち勝てない。

『最強』である鬼の若殿の伴侶として、凛には機転と心の強さが備わっていなければならないのだ。

「……それは凛ちゃんが自分で見つけなければならねえ。俺からはなにも言えない」

断腸の思いでそう告げると、凛はシュンと肩を落とした。

――あー！　ごめんねごめんね凛ちゃんっ。俺だってこんな意地悪なこと本当は言いたくないんだよお。あーもう、めちゃくちゃ甘やかしたいっ。君はなんもしなくていいから茶菓子でも食ってのんびりしててねって言いたい！　なんなら俺がその麻智って子をやっつけてあげたいよ～！

なんてことを大江は内心考えていたが、歯を食いしばって真面目な面持ちをし、必死にその思いを表に出さなかった。

「わかりました……」

凛はあからさまに気落ちした様子だ。麻智の隙をつく方法がまるで見当もつかないのだろう。

――頑張れ凛ちゃん。きっと君なら気づくはずだ。これまで御朱印を八つも集めた凛ちゃんならば。

健気な凛の姿に心を打たれながら、胸中で密かに応援する大江だった。

＊

――どうしよう。麻智ちゃんにどうやって立ち向かったらいいのか、まるでわからないわ……。

大江にゴム矢を当ててから二日後。大江宅での夕食の席で、凛は思い悩んでいた。

麻智との決闘は明後日に控えている。

彼女の匂いを視覚化する能力に対抗する術《すべ》について、凛自身が見つけなければならないと大江に告げられてから、凛はひたすら思考を巡らせていた。

しかし今のところいっさい打開策を思いついていない。刻々と決闘の時は迫り、焦燥感がどんどん強まる。

明日は伊吹が凛を迎えに来るというのに。このままでは胸を張って彼に会えない。

「凛ちゃん。実は俺に弓を教えてくれたのは、茨木童子……茨さまだって話は前にしたと思うけど」

根を詰めた様子の凛を見かねてか、大江が優しい声で話しかけてきた。

「はい」

「たぶん同じ夜血の乙女だから、凛ちゃんは茨さまに興味があるだろ？」

「そうですね。茨さまについていろいろ知りたかったんですが、伊吹さんが生まれた時にはすでに亡くなっておられましたし、文献に彼女の記録もほとんど残っていないのであまり知らなくて……」

百年に一度の割合でしか誕生しないとされる、稀有《けう》な人間の女性である夜血の乙女。

茨木童子がどんな女性で、どんな生涯を送ったのか深い興味があった。

しかし彼女の夫である酒呑童子については数多《あまた》の文献にその偉業が記されていたが、茨木童子についてはほとんど記述されていない。

人間界では、茨木童子は鬼であるという間違った伝承が伝わっているほどだ。

「そうだねえ。俺も晩年の茨さましか知らないんだけどさ。常に強く美しくて、凛々しいお方だったよ」

「強く美しく、凛々しい……」

思わず大江の言葉を復唱する凛。自分には当てはまらない形容詞の連続だった。

――どうしてそんな茨さまと同じ血を、私なんかが持っているのだろう。

「あやかし界にいる人間として、苦労は絶えなかっただろう。今よりもずっと、あやかしが人間を蔑んでいた時代だったしね。だけど茨さまは……、確固たる自分を持っていたっていうか。あんまりうまく言えないんだけど、自分が人間であることに誇りを持っていた感じだった」

「誇り……。どんなふうにですか？」

るのだろう。

凛が尋ねると、大江は考え込むように顎に手を当てた。昔の記憶を手繰り寄せてい

「えーとね。やっぱり妖力もなくて体も弱い人間だったからか、逆に力のないあやかしたちの心に寄り添えていた気がする。当時のあやかし界で、力が弱くて身分が低かった猫又とか化狸《ばけだぬき》とかの地位を向上させたのは茨さまだよ。伊吹んとこに一匹、猫又がいるだろ？　あの子は猫又の頭領の一族なんだ。あの一族は鬼に恩義を感じていて、その縁から伊吹に仕えているんだよ」

「国茂くんが……！　そうだったのですね」

国茂が従者として伊吹に仕えていることに、まさかそんな成り行きがあったとは。初耳だった。

「それに俺の父──酒呑童子は結構大雑把な人だったんだけど、それと対照的に茨さまはとても気配り上手だった。まあ人間の中にもいろんな人がいるが、だけど、やっぱり人間の女性はあやかしよりも得てして繊細な人が多い。父が気づかないようなあやかし同士の微妙な問題は、茨さまが察して父に助言をしていたようだよ」

「あやかし界の頭領に助言を……。茨さまは本当にすごいお方だったんですね」

「うん。『あやかし界では数少ない人間の私だからこそ、できることがあるのよ』って言ってた覚えもある。人間であるというプライドを茨さまは持っていたのだろうね」

人間であるという誇り、プライド。

大江の口から聞かされた茨木童子の逸話は、凛の胸に深く刻み込まれた。

——どうして茨さまは、人間であることに自信を持てたのだろう。私なんて、自分が人間であるせいで伊吹さんにいつも迷惑をかけてばかりなのに。

自分なりにできる限り頑張ろうと常に心がけてはいるが、せめて並みのあやかし程度の妖力と身体能力があれば、もっとスムーズに事が進められたケースがいくつも思い出される。

「あの、お義父さん。もしもここにいるのが私じゃなくて若い頃の茨さまだったとしたら。彼女は麻智ちゃんに勝てると思いますか？」

「それは……確実に勝つだろうね。あの人が負けている光景を俺には想像できないくらいだよ」

凛の問いかけに、大江は間髪を入れずに答えた。

まさかそこまで自信満々に断言されるとは考えていなかった凛は、虚を衝かれた。

だって自分は、麻智に勝利する想像がまるでできない状況なのだ。

「別に弓の腕がよかったとか、運動能力に優れていたとか、そういう話じゃない。あの方はいつも、あやかしでは考えつかないような突拍子もないことを思いつくんだよ。……だから凛ちゃんにだって可能なはずだ。君は茨さまと同じ、夜血の乙女であり鬼の若殿の伴侶なのだから」

大江は凛をまっすぐに見つめて、ゆっくりと頷いた。

麻智に対抗する手段がとんと思いつかない凛を、彼が勇気づけようとしてくれているのはわかる。

――だけど。本当にわからない……。どうしたら、少しの匂いですら可視化できる麻智ちゃんに私が一矢報いられるの？

夕食の後も入浴中もずっとその方法を考えていたがやはり思い当たらない。

そして、凛が床に就く直前のことだった。大江宅の玄関の扉を叩く音が聞こえてきた。

「こんな遅くにどこのどいつだよ、もう」

文句を吐き出した後、「はーい」と声をかけながら大江が扉を開くと。

「父上、夜分遅くにすまないな。凛はまだ起きているか？」

聞こえてきたのは、涼やかで心地よい美声。耳に入るだけで胸が高鳴り、名を呼ばれれば甘美な気持ちになる、凛の大好きな声。

「伊吹さん……⁉」

玄関の方へと駆け寄ると、そこには正真正銘、自分の夫である鬼の若殿の伊吹が佇んでいた。

伊吹が自分を迎えに来るのは予定では決闘前日の明日だったので、驚く。

大江に世話になると決めてからというもの、伊吹のことはあまり考えないようにしていた。

もちろん会いたくて、恋しくてたまらなかったが、今はそんなふうに彼を求めている場合ではない。最愛の伊吹に会わずにひたすら弓の修業に勤《いそ》しむというこの環境だからこそ、得るものがあるだろうと凛は考えていた。

しかし伊吹と離れてもう一カ月。凛はそろそろ精神的にも肉体的にも限界を迎えようとしていた。

だから思わず、凛は伊吹に飛びついてしまった。大江が見ているのにと頭の片隅で思いはしたが、そんなことを気にする余裕がないほど凛は伊吹の体温を欲していたのだった。

「おっと……」

突然凛が抱きついたためか、伊吹はそんな声を上げながらたたらを踏む。しかし、しっかりと受け止め、凛を包み込むように優しく抱きしめ返した。

「ずっと我慢してましたが……。伊吹さんが恋しかったです」

「俺もだよ、凛」

お互いの体温を感じながらふたりは見つめ合う。そしてそのまま唇を重ね……はしなかった。

直前に、大江がじっと自分たちを観察していることに気づいた凛が我に返って伊吹から離れたのだ。

「あれ、なんだよお前ら。俺には構わず、遠慮しないでキスしてくれよな！」

「あ、いえ……。大丈夫です」

からかってくる大江に、凛は顔を真っ赤にしながら答える。

すると伊吹はバツの悪そうな笑みを浮かべ、こう言った。

「えっと……。凛、体は元気そうだな。とりあえずよかった」

「はい。伊吹さんもお変わりなさそうで……。迎えに来るのは明日と聞いていましたから、びっくりしました。嬉しいです……！」

「その予定だったのだが、そうすると慌ただしくなりそうな気がしてな。明日は明後日の決闘についていろいろ確認もしておきたいし。まあ、凛に一刻も早く会いたかったという理由も大きいが。それで、凛の弓の修業はどうだったのかな？」

思わぬ伊吹との再会で幸福感を覚えていた凛だったが、そのひと言に一瞬で現実に引き戻される。

このひと月で弓の腕は自分でも驚くほど上達したし、自己流だが気配の消し方だって覚えられた。しかし麻智の能力に対抗する術《すべ》は、まだ検討すらついていない。その事実を伊吹に今告げるのは、心苦しい。

「あー、凛ちゃんめっちゃ弓うまくなったよ。俺、マジで逃げようとしたのに一発当てられたしさ！」

そんな凛の心情を察したらしい大江がそう伝えると、伊吹は目を輝かせる。

「父上に一発!?　本当かっ。すごいじゃないか、凛！　まあ凛ならやってくれると思っていたがなっ」

興奮した様子で伊吹が凛を褒めちぎる。

「……はい、ありがとうございます」

『与一』の称号を持つ大江に一回でも矢を命中させたのは、我ながら上出来だと凛も思ってはいた。しかし伊吹の称賛を素直に喜べず、少し暗い声になってしまう。

まだ麻智に勝てる気はしない。気配を殺し不意をつく形で大江には一撃当てられたが、彼女には同じ戦法は使えないのだ。

「まあ、積もる話は明日にでもして。今日は遅いから、凛ちゃんはもう寝室に行きなよー。伊吹も風呂入って、はよ寝ろ」

凛の心を汲んでくれたらしい大江は、伊吹を浴室の方へと追い立てる。

伊吹は「えっ、ちょ、俺はまだ凛と話を……」と困惑した様子だったが、凛はありがたく床に就くことにした。

「ありがとうございます。おやすみなさい、お義父さん、伊吹さん」

ふたりにそう告げて、凛はそそくさと寝室に向かった。

あの後すぐに布団の中に潜り込んだにもかかわらず、全然眠れない。

今日も一日体を動かしたので、肉体的には疲れているはずなのに。こんなこと、大江宅で世話になってから初めてだった。

──麻智ちゃんについて考えると、どうしても目が冴《さ》えてしまうわ。

だってこのままでは、前回と同じようにあっさりと彼女に敗北を喫してしまうのは目に見えている。上達した弓の腕も、せっかく覚えた気配の殺し方もなにも役立てないまま。

明後日到来する決闘の瞬間が、恐ろしくてたまらない。また自分のせいで、伊吹を惨めな目に遭わせてしまう。

──御朱印を集めると心に決めたあの時。伊吹さんに迷惑をかける存在になりたくないという思いだったのに。

自分が弱いせいで、あやかしではないせいで、今回とんでもない迷惑をすでにかけている。そして明後日、またそれを繰り返すに違いなかった。

──やっぱり私なんかに鬼の若殿の伴侶なんて務まらないんだ。

そんな卑屈な感情さえ抱くようになってしまっていた。

伊吹を全力で支えたい、そのために自分なりに頑張ろうとここまで歩んできた。

しかし〝自分なりに〟という考え方が、そもそも甘かったのだ。しょせん自分は、伊吹や仲間に守られていなければ、自分なりに行動もできない。伊吹の口づけによって付着する鬼の匂いがなければ、外を歩くことだってままならない。

そんな自分を、まるで世の中を知らない幼子のように思えた。危険物を排除した安全な庭園で、過保護な母親が細心の注意を払って見守る中、やりたい遊びに無邪気に興じる子供同然の存在だ。

お膳立てされた環境の中でしか己らしさを出せない自分。それでなにが鬼の花嫁だ。なにが決闘に勝って伊吹の役に立ちたい、だ。

自然と目尻に涙が浮かぶ。無力な自分がとてつもなく哀れで、やるせない気持ちでいっぱいになる。

その時、部屋の障子がゆっくりと開いた。風呂を終えた伊吹が入ってきたのだ。

余計な心配をかけたくない。凛は唇を噛みしめてこれ以上の涙が出るのをこらえながら、寝たふりをする。しかし。

「凛。まだ起きているのだろう」

隣の布団から穏やかな声が聞こえてきた。

狸寝入りなど、鬼の若殿には通用しなかった。伊吹はいつだって凛のことをわかってしまう。

「……はい、伊吹さん」

平静を装って返事をしたつもりだが、涙声になる。しまったと慌てる凛だったが、伊吹は特に驚いた様子もなく口を開く。

「麻智さんに勝てる見込みがない……といったところかい？」

なにも説明していないのに、伊吹にはすべてを悟られていて凛は驚く。

「伊吹さん、お気づきでしたか……」

「まあな。凛の様子を見ればすぐにわかるよ。俺は自身を、もっとも凛のことをよく知っている者だと自負している。あまり舐めないでくれよな」

冗談交じりに伊吹が言葉を紡ぐ。

そんな彼の様子に少し和むも、心の暗い影は晴れない。

「麻智ちゃんは、少しでも匂いがあれば可視化できるんだって言っていました。どんなに気配を消しても無意味だって。お義父さんは、それでも彼女に対抗する手段はあるようなことをおっしゃっていましたが、私にはまったく考えつきません」

「確かに厄介な能力だもんな……」

「そうなのです。お義父さんが褒めてくださったように、ここ一カ月で自分なりに成長できたとは自負しています。でも、そんなのなんの意味もないかもしれない。次もあっさりと麻智ちゃんに負けて、私はまた伊吹さんにご迷惑を……うっ……」

言葉の途中でこらえきれなくなり、凛はとうとうぽろぽろと涙を流してしまった。伊吹に気づいてほしくなくて掛け布団で顔面を覆うが、絶対に悟られているだろう。

すると、そんな凛の体を布団ではない温かいものが包み込んだ。伊吹がふわりと抱きしめてきたのだ。

「凛……。もういい。そんなに思いつめるな」

凛を抱擁しながら、伊吹は耳元で囁く。

「伊吹さん……」

「そもそも俺があっさりと最初の選挙で勝てれば、凛にこんな思いをさせずに済んだ。だから俺のせいなんだ」

「そ、そんな！　そんなことはっ……」

必死に伊吹の発言を否定しようと試みるも、涙のせいでうまく口が回らない。

あの状況で伊吹が夜刀と引き分けたのは仕方がなかっただろう。

何十年も人間に友好的な頭領であった大蛇が古来種派につき、異種共存宣言を廃止する準備を裏で進めているとは、誰が思いつこうか。

すると伊吹はとても穏やかに、慈愛に満ちた笑みを凛に向ける。

「お互いに自分のせいだと考えているんだな、俺たちは。似た者夫婦だな」

「伊吹さん……」

ただ凛を擁護するのではなく、お互い様だと告げる伊吹に底知れない思いやりを感じた。感極まって、凛は伊吹に抱きつき返す。

すると伊吹は凛の頭を撫でながら、こう告げる。

「しかし本当に凛には重いものばかり背負わせてしまっているな、俺は。君は夜血の乙女として、否応《いやおう》なしに俺の花嫁になったというのに。その運命を受け入れて、俺を愛するようになってくれた。そして俺のためにと、全力を尽くしてくれている。……本当にありがとう、凛」

あまりにも温かい伊吹の言葉と体温だった。

先ほどとは違う理由で、凛の目からは涙があふれる。

――この方の力になりたかった。優しく私を撫でて、包み込んでくれる伊吹さんの。どうして私は、こんなに無力なんだろう。

「苦しい思いをさせて本当にすまない。もういいんだ。麻智さんに負けたっていいんだよ」

「で、でも。伊吹さんが……。次期あやかし界の頭領になれなくなってしまう。私は、伊吹さんの役に立ちたいのですっ……！　弱い人間である自分が、あまりにもふがいなくって……うっ」

嗚咽《おえつ》交じりに凛は声を絞り出す。伊吹の言葉は嬉しかったが、その厚意に身を任せてはあまりにも情けない。

しかし伊吹は首を横に振る。

「ありがとう、凛。でもそんなに自分を責めないでくれ。俺は君がそばにいて、微笑んでくれているだけで気持ちが安らぐんだ。今まで君の存在にどれだけ救われたか。確かに君は妖力がない人間かもしれない。しかし、あやかしには持ちえない芯の強さと優しさを持っているじゃないか。妖力なんかまったくなくたって俺はいい。そのままの凛でいいんだよ」

心に深く染みわたる、伊吹の愛の言葉だった。

凛自身が抱いている無力感ややるせなさが消失したわけではない。しかしこんな弱い自分を『そのままでいい』と肯定してくれる伊吹の愛に、あふれんばかりの嬉しさが湧《う》き出てくる。

凛は伊吹の胸に顔を埋め、しばらくの間、声を上げて泣いた。そんな凛を伊吹はただ無言で抱き寄せ、頭を優しく撫でるのだった。

そして、そのままひとときの時間が流れ、凛の感情が落ち着くと。

「……すみません、伊吹さん。子供みたいに泣いてしまって」

「なに、謝ることはない。いつもと違う凛に、かわいさすら感じたほどだよ」

至近距離で美麗に微笑みながらお茶目に言った後、伊吹はこう続けた。

「とにかく明後日は、また向こうが危険な反則をしないように俺は見張りながら応援しよう。……しかしやはり、微かな匂いですら見逃さないあの能力は本当に厄介だな」

「ええ……。私はただ諦めずに全力を尽くすしかないですね」

そう答えると、凛の頬に伊吹が手を当てる。これは彼が口づけを乞う動作だ。

凛は胸に熱い鼓動を感じながら、瞳を閉じようとした。しかし。

『微かな匂いですら見逃さないあの能力は本当に厄介だな』

直前の伊吹の言葉が妙に引っかかった。そしてある可能性について思い当たり、凛はハッとする。

――匂いを視覚化できる能力。もしかして……？

麻智の能力について判明していることを慌てて思い返してみた。彼女が自身の能力について、自信満々に語っていた言葉などを。

さらに、自分自身の身の上を振り返る。普段は鬼の匂いを漂わせてはいるが、本当は妖力を持たない人間。

――そうよ。私、どうして今まで気づかなかったのだろう！　たくさんヒントはあったのに。

ある想定が凛の中で生まれた時、伊吹の唇が凛のそれに触れる寸前だった。

「い、伊吹さん！　すみません、待ってください！」

凛が慌てて告げると、伊吹は虚を衝かれたような面持ちになった。

「えっ。どうしたのだ凛。もしかして口づけが嫌だったのか……？」

「そ、そんなわけないではないですか！　……ですがひとまず私の話を聞いてくださいませんか」

大きなショックを受けた顔をする伊吹の言葉を全否定してから、凛は自分の中に生まれた妙案について説明し始めた。

伊吹に話しながら、凛はこうも考えていた。

大江はきっと、最初からその方法にたどり着いていたのだ。ゆえに、凛と同じ夜血の乙女であり人間である茨木童子なら麻智に勝利すると断言できたのだろう。

しかし凛がたった今思い当たった方法は、ある程度の弓の腕と、完全に気配を消す方法を身につけていないとまるで意味を成さない。

大江は凛が自分自身でその方法に気づくと信じていた。だからこそ、凛がそこにたどり着いた時に実力が伴っているような課題を今まで課してくれていたのだ。

——お義父さん、本当にありがとうございます。だけど、このやり方はひょっとしたら……。

凛の想像が外れていたら、大変危険だ。もしかするとすべてを失うかもしれない。伊吹の家での安全な暮らしも、御朱印を授けてくれた仲間からの信頼すら。

──だけど麻智ちゃんに負けたら、どのみち失うものばかり。もうやってみるしかない……！

説明を終えると伊吹は、露骨に顔をしかめる。

「……なるほど、そういうことか。確かに、凛の予想が的中すれば、麻智の不意をつけるかもしれない。しかし、凛も重々承知していると思うが、とんでもなく危険なやり方だ。正直言って、そうするくらいならもう決闘などしないで負けでもいいと考えている自分すらいる」

「そうですよね……。でも私、やってみたいです」

凛は強い視線を伊吹にぶつけ、はっきりと告げる。

凛の安全を第一に考えている伊吹がそんな発言をするのは、想定していた。しかしもう、そんな彼の優しさに甘えてばかりはいられない。

──今こそ、私自身の力で道を切り開く時。なぜか心からそう思えるの。

「……わかった。凛が意外と頑固なのはとっくに知っている。こうと決めたら、てこでも動かないもんな」

伊吹はため息交じりに言葉を紡いだ後、困った顔で微笑む。

「ご理解くださってありがとうございます、伊吹さん」

凛がぺこりと頭を下げると、今度は落胆したような面持ちになる伊吹。

「しかし……。俺にとってはとてつもない苦行だな。一カ月も凛と離れていたというのに、また……」

「す、すみません伊吹さん。ですがこればっかりは」

「ああ。断腸の思いで耐えよう。そして、麻智さんに勝とう、凛」

伊吹の中でも踏ん切りがついたようで、一変して真剣な面持ちになると強い口調で凛を激励する。

「はい！」

そんな夫に、凛とした声で凛は返事をしたのだった。

あくる日。夕方に伊吹と共に大江宅を発つことにした凛は、朝食後、大江にこう告げた。

「お義父さん。最後にもう一度、気配の消し方と弓の基本をご教授願えますか」

ゆるぎない決意を瞳に込めて、義父を見つめる。

するとそんな凛から大江はすべてを悟ったようだった。

「もちろん。いいとも」

彼は不敵な笑みを浮かべ、自身とは種族の異なる人間の義娘に向かって頷いた。

そしてすべての修業が終わり、とうとう凛と伊吹が大江の家を発つ時がやってきた。

「お義父さん、一カ月間ありがとうございました」

「俺からも礼を言わせてくれ。父上、世話になったな」

支度を終え、玄関先に並んだ凛と伊吹は、見送ろうとする大江に深々と頭を下げた。

すると大江は「ははっ」と声を上げて笑う。

「ぶっちゃけ俺は娘と一緒に楽しく修行しただけだからなあ。礼なんていらねーよ！　決闘頑張ってな」

「はい……！」

大らかな大江の言葉が素直に嬉しい。修行中の彼はわりと真剣な顔をしていたことが多かったから、久しぶりの親しみやすい笑顔に安らぎも覚える。

すると大江はなにかを思いついたようで、「あっ」と声を上げる。

「凛ちゃん。ちょっとそこで待っててくれないかい？　ほんと、ちょっとでいいから」

「え？　はい」

凛が答えると、大江は「どこにしまったかなあ。滅多に使わねーから……」と呟きながらバタバタと自宅へ入っていった。

そして待つこと数分。なにか小さなものを手に持って現れた大江は、笑顔で告げる。

「凛ちゃん、御朱印帳は持っているな？　押してやるから出してくれよ！」

「えっ……」

思いがけない大江の提案に、凛は虚を衝かれる。

伊吹もハッとしたような顔をした。

「そうだ……。父上から御朱印をいただけたらなと以前に俺も考えたのだが。その時、何度電話しても父上が電話に出てくれないものだから、つい失念していた」

意外な伊吹の言葉だった。まさか以前に大江から御朱印を賜ろうとしていたとは。

御朱印は当人の配偶者、そして血のつながりのある父母や兄弟・姉妹からはもらえない。しかし義父や義兄弟から授かることは可能なのである。

しかし凛には、伊吹の父であり弓の師匠でもある大江と同胞の契りを結ぶのは恐れ多かった。

「わ、私はお義父さんの弟子でもあります……。そんな立場でいただいていいのでしょうか？」

「そんなのいいに決まってんじゃんかー！　かわいい娘にあげないで他に誰にあげるっていうんだい、もう」

恐る恐る尋ねる凛だったが、大江はあっけらかんと答え、さらに続けた。

「それに、俺の修行にここまでついてきたのは凛ちゃんが初めてなんだよ。あやかしどもは気まぐれで飽きっぽい奴が多くてなあ」

「そうなのですか？」

意外だった。確かに決して楽な修行ではなかったが、必死になればギリギリついていけるレベルの内容だったから。

大江が凛の力量に合わせてくれたのだとは思う。しかしそれならあやかしの弟子を取ったとしても、その力に適した修行内容に調整してくれるはずである。

しかしよく考えたら、弓の修業は集中力を要し、地道な鍛錬も多かった。気分屋の多いあやかしには、確かに向いていないかもしれない。

「だから俺は嬉しいんだよ、こんな真面目な弟子ができてさ。そのお礼ってことで押させてくれよな！」

「お義父さん……。わかりました。そういうことなら、お願いいたします」

大江の心情を汲んだ凛は、懐にしまっていた御朱印帳を取り出した。伊吹は微笑みながら満足げに頷いている。

すると大江はまっすぐに凛を見つめて、大理石でできているらしい草色の印を構えた。そして誓いの言葉を紡ぐ。

「我は『与一』のあやかし大江。凛の『与一』なる心を認め、生涯同胞であることを誓う」

御朱印帳に押された印は、弓を引いて獣に向かって狙いを定めている鬼が描かれている。

御朱印をしばらく眺めた後、御朱印帳を大事に懐にしまうと、凛は改めて義父にぺこりと頭を下げた。

「お義父さん。本当にいろいろありがとうございました」

「だから礼なんていいってばよ！　凛ちゃん、すべてを出し切れば勝算はある。応援してるからな」

「はい……！」

頼もしい義父であり師匠でもある大江に力強く激励され、凛は改めて決闘へ向けて心を奮起させる。

――『与一』であるお義父さんに修行をつけてもらったんだもの、自信を持って挑まなくては。

決意を胸に抱きながら、凛は伊吹と共に伊吹邸への帰路に就いた。

第六章　決着

——いよいよこの日がやってきたのね。

凜との再決闘の地である、お伽仲見世通り近くの森林の中に麻智はひとり静かに佇んでいた。

この場所には許嫁である夜刀と共に訪れたが、彼には一時的に離れてもらっている。少し距離を置いて、こちらの様子を眺めているだろう。

ひとりで決戦の舞台に立ち、森の空気を吸って精神統一をしたかった。

自然と、これまでの記憶が麻智の脳内に蘇った。

夜刀と麻智は幼馴染《おさななじみ》だった。初めて会った時のことなど覚えていないほど幼い頃から親しい間柄だ。

麻智の両親が大蛇の屋敷で住み込みの従者として働いていたためである。

女中だった麻智の母は、夜刀の乳母も任され、まるで自分の息子のようにかわいがっていた。幼少の頃のふたりは麻智の母に見守られる形で、まるで兄弟のように同じ空間で同じ時を過ごしたのだった。

しかし夜刀は、偉大なる龍族の頭でありあやかし界の頭領である大蛇の息子にもかかわらず、あやかしとしての能力が低かった。さらに、筋骨隆々で丈夫な者が多い龍族だというのに、信じられないくらい病弱でか細かった。

幼少の頃の夜刀と、外で元気に遊んだ記憶はあまりない。熱を出して臥《ふ》せっている夜刀の傍らで、彼を励ましながらひとりで遊んでいた思い出はたくさんあるが。

大蛇はそんな夜刀に愛情を抱けなかったようだった。あやかし界の頂点に君臨する自身の息子が、龍族の中で稀《まれ》に見る落ちこぼれだという現実は受け入れがたかったのだろう。

大蛇が夜刀と会話している光景を、麻智はあまり見たことがない。屋敷内ですれ違っても、期待を込めた眼差しを向ける夜刀を大蛇は一瞥すらしなかった。

世間では、先代の頭領である酒呑童子の遺志を継ぎ、人間界との友好的な関係を築いている、心の広い革新的な頭領と誉れ高い大蛇。

しかし家庭内では、まったく別の顔を持っていたのだった。

大蛇は、人間は愚かな下等生物であり妖力の高さこそがあやかしの強さだと日々断言していた。

『俺は崇高な龍族の頂点なのだぞ』という言葉が口癖の大蛇は、虚栄心の塊のような男だった。

人間が関わるものはいっさい受け入れないほど視野が狭く、保守的で、見栄っ張り。それが大蛇の本質だった。

そんな大蛇が息子と関わっていたのは、麻智の知る限り一場面しかない。夜刀が、あまりにも大蛇の期待に背く行いをした場合に『この出来損ないが』と吐き捨てる時だけである。

実の父に蔑まれ、屋敷では肩身の狭い思いをしていた夜刀。

しかし麻智は、力も気も弱い彼が誰よりも優しく思いやりにあふれている男性だと知っていた。

麻智が大蛇の気を損ねて叱責されかけた時は、なんと体を張ってかばってくれた。その後、吹っ飛ばされるほどにぶん殴られていたが、『麻智ちゃんが怒られなくてよかった』と、腫れた頬を押さえながら微笑んでいた。

また、麻智が幼い頃から父に教わり鍛錬を積んでいた弓道で壁にぶつかった時。『もう弓なんてやめる』と落ち込んでいた麻智を、『つらいならやめてもいいんじゃない？　でも、麻智ちゃんならもっと上手になれると思う』と励ましてくれた。

――そう。力はないけれど、夜刀には芯がある。並大抵のあやかしよりも心はずっと強い。

そんな夜刀に、いつしか麻智は恋情を抱いていた。そして流れるように自然と、ふたりは恋仲になった。

しかし麻智に被害がある場合を除き、基本的に夜刀は父の言いなりだった。嫌悪されていると知っていても、やはり実の父に認めてもらいたいという思いが強いようだった。

頭領の息子と使用人の娘との結婚など、身分と能力をなによりも重んじる大蛇が許すはずもない。だから麻智は勝手に、『この恋は、夜刀に正式な相手が見つかるまでの、ひとときの幸せ』と思い込んでいた。

しかし、結婚適齢期となった夜刀に『少しでも妖力の強い跡継ぎをつくるように』と大蛇が名家の龍族の女性を嫁としてあてがおうとした時。

『嫌です。僕は麻智と結婚したいのです』

夜刀は大蛇を真っ向から見据えてそう断言したのだ。

その姿は、麻智ですら目を疑った。麻智をかばうための小さな反抗を除いて、夜刀による初めての大蛇への反発だったと思う。

だがもちろん、そんな夜刀の戯言など大蛇は意に介さない。

『麻智？　使用人風情の娘だろう。弓の腕はなかなかのようだが、妖力はお前とそんなに変わらんほど低い。そんな女との結婚など、認められるか！』

そう怒鳴られた夜刀だったが、彼は一向に譲らなかった。しまいには、認めてくれないなら麻智とは駆け落ちする、そして親子の縁を切らせていただくと大蛇に啖呵《たんか》を切った。

いくら不出来とはいえ、夜刀は大蛇にとっては血のつながったひとり息子。やはり血のつながった子に跡を継いでほしいようで、夜刀の発言にはさすがに大蛇も困惑していた様子だった。

そしてとうとう、大蛇は夜刀と麻智の婚約を認めてくれた。ただし、このような条件付きで。

『麻智、夜刀を次期あやかし界頭領にするために協力しろ。お前の働きの結果、夜刀が次期頭領になれたなら結婚を認めてやる』

あまり気は進まなかった。

夜刀は心優しいが、あやかしたちを統治できるほどの強さも厳しさもない。大蛇が存命の間は、夜刀が頭領というのはきっと表向きになる。裏で大蛇が実権を握る形になるはずだ。それに、近頃大蛇は古来種とかいう怪しい組織に関わっていると麻智は気づいていた。

つまり、彼の思惑に協力すれば麻智自身も悪事に手を染めることになるだろう。

しかし大蛇のために暗躍すれば、夜刀と堂々とずっと一緒にいられる。

幼馴染の気弱で優しい男を愛してやまない麻智は、渋々大蛇の言いなりになる道を選んだ。

そして夜刀も、麻智との結婚を父に認めてもらうのがなによりも重要だったらしく、その条件を呑んだ。何遍罵られても、夜刀にとって大蛇は憧れであり、崇拝すべき父親だったのである。

次期頭領の最有力候補は、鬼の若殿であり『最強』の称号を持つ伊吹。並みのあやかしでは束になっても叶わないほどの圧倒的な妖力を所持している上に、絶世の美男子であるという、まさにあやかし界の頭領にふさわしい男だった。

そんな伊吹に太刀打ちできるのだろうか……と、麻智が途方に暮れていた時、彼が最近迎えた嫁について小耳に挟んだ。

聞けば、鬼なのか疑わしいほど妖力が低く、他に特殊能力も持たない上、大した美人でもないという。おまけに出自も不明らしい。さらにその女は伊吹の威を借りて、高名なあやかしからいくつも御朱印を賜っているのだとか。

――どうしてなんの取柄もない女が、そんなに恵まれているのだろう？

最初は単なる疑問だった。伊吹ほどの男ならば、もっと見目麗しくて名家の女性を娶れるはずなのに。

そんなふうに鬼の花嫁のことを暇さえあれば考えているうちに、疑問は次第に嫉妬へと変わっていった。

夜刀は妖力も体力もないせいで、実の父親にすら愛されず不遇な人生を送っている。

麻智自身、弓の腕を除けば不出来なあやかしであるため、大蛇が夜刀との結婚に難色を示している。

条件付きで認めると言われたものの、達成して結婚したところで心からの祝福は得られないだろう。

――私たちは生まれつき能力が低いから、肩身の狭い思いをしても仕方がないと今までは諦めていた。妖力が低いあやかしとしてこの世に生を享けた自分が悪いのだと。それなのに、そんな私たちが認めてもらうには、並々ならぬ努力が必要なんだって。

どうして私よりも力が劣る女が幸せを手にしているの？

伊吹の妻を妬むのは筋違いだと、頭では理解していた。彼女には会ったこともなかったし、顔も名も知らない。それに、伊吹の威光で彼女が御朱印を手にしているという噂も真実とは限らないではないか。

ひょっとしたら、力のない彼女にはなにか他の才覚があるのかもしれない。

何度もそう言い聞かせ、鬼の花嫁に対してどうしても抱いてしまう嫉妬心をなんとか抑制していた。

しかし、凛と出会い、ひょんなことから彼女が伊吹の妻だと知った。

彼女の素性をまったく知らない時は、今時珍しい、素直で擦れていない子だなと好感を持っていた。ほとんど妖気も感じないほど弱い鬼だが、きっと恵まれた家庭で大切に育てられてきた女性だから、こんなにも純粋な瞳をしているのだろうと勝手に推測した。

既婚の凛は夫やその家族ともうまくやっているようで、『いいなあ』というほのかなうらやましさは芽生えたものの、彼女の眩《まぶ》しいほどのまっすぐさが好ましくて、微笑ましさの方が断然強かった。

だが凜は、自分がいつも嫉妬心を押し殺していた伊吹の妻だったのだ。

ほんの少し弓の弦が凜に当たっただけで、伊吹は飛び出してきた。本気で凜を大事に思い、慈愛に満ちた面持ちをする伊吹。

そしてそれを、当たり前のように享受している凜。

その光景を目にした瞬間、凜を妬む気持ちで麻智は支配されてしまった。それまでに凜に抱いていた好感は、一瞬でいずこかへ消し飛んだ。

——絶対に、選挙では夜刀を勝たせる。凜をこれ以上幸せにしてたまるものですか。あんな、なにも持っていない子に。なんの苦労も知らないような顔の子に。

大蛇から凜に決闘を申し込んでボロボロにしてやれと指図された時、嬉々として乗った。これで自分の手で凜に敗北感を味わわせることができる、と。

決闘の直前に、『どさくさに紛れて、殺傷性のある矢を凜に放て。非難されるだろうが、嫁すら守れなかった伊吹に投票する奴は減るだろう』とそそのかされた時も、凜への憎しみのあまり了承してしまった。

結局引き分けという形になったが、麻智に手も足も出なかった凜は絶望の表情を浮かべていた。

あの戦慄した凛の顔は、今思い出すだけでも恍惚《こうこつ》とした気分にさせられる。

そして本日、いよいよ再決闘を迎える。

――凛。今度こそ確実に引導を渡してあげる。皆に蔑まれて、役に立たない女だって伊吹さんにも嫌われればいいんだわ。そして私は夜刀との幸せを掴む……！

＊

ついさっきまで晴天だったというのに、伊吹と共に凛が再決闘の会場に着いた時、急に空一面を雲が覆い出した。ひょっとしたら、じきに降雨があるかもしれない。

ふたりが到着したのは、再決闘の開始直前の時間だった。すでに麻智を始めとする夜刀陣営と、決闘の立会人といった関係者のあやかしたちは集まっている。

前回は、ネットにアップされた動画を撮られていたことには気づけなかった。しかし今回は堂々とビデオカメラを構えているあやかしの姿がある。

数日前に知らせがあったが、前回の動画の反響があまりに大きかったため、今回は生配信が行われるそうだ。

その代わり、前回は規制がなかった見物人については、決闘する両者の伴侶または親族のみとされた。そうでもしないと、大多数のやじ馬が殺到したに違いない。

ちなみに鞍馬はこの付近のカフェで動画視聴をしているらしい。凛に御朱印を授けてくれたあやかしたちも、集合しているのだとか。

また、椿は立会人のひとりとして、会場内にいる。

麻智の傍らには、大蛇と夜刀がいた。

凛が伊吹の陰に隠れて現れると、彼ら三人と、勝敗を見届ける立会人のあやかしたちは、一様に驚愕したような面持ちになった。ただひとり、椿は不敵な笑みを浮かべていたが。

「なんだ……あの、伊吹の嫁の存在感の薄さは」

「なんだか、目の前にいるのにいないように感じるな。どうしてだろう」

という、立会人のあやかしふたりが会話しているのが聞こえてきた。

大江の指導で会得した自己流の気配の消し方。それを実践しながら、凛は登場したのだった。

凛は野生の獣にも気取られないほどにまで気配を殺している。あやかしからしてみれば、まさにそこにいない者だと認識されてもなんらおかしくない。

しかし気配を殺し続けるのは、並々ならぬ集中力を要する。この状態が途切れないまま決闘を開始させたかったため、凛は開始時間の直前にこの場に現れたのだ。

「……少しはやるようになったみたいね」

再会した瞬間は、凛の立ち居振る舞いに驚いていたようだったが、麻智は余裕しゃくしゃくに微笑んで告げる。

「だけど、いくら気配を消したところで意味はないのよ。だって私が察知できるのは、匂いなんだから。生きているあやかしなら必ず発しているもの。だから私は、どんな状況でもあなたの居場所がわかるよ」

麻智が勝利を確信しているのは当然だろう。

戦いの経験のない凛が一カ月間、弓の腕や気配の消し方を学んだところで、しょせん付け焼刃に過ぎない。さらに、麻智の能力をもってすればそんな凛が不意打ちで勝利するのは不可能なはずなのだから。

凛はなにも答えなかった。言葉を発すれば集中力が途切れてしまう気がしたのだ。

凛の考えた麻智への必勝法においては、今少しでも彼女に気配を感じさせてしまったら、その瞬間にすべてが終わる。

「……ふん」

なにも言葉を発さない凛を不快に思ったのか、麻智は露骨に顔をしかめてそっぽを向いた。

その後、前回と同じように凛と麻智からそれぞれの付き添い人と立会人たちが離れた。

さらに凛と麻智も、お互いの姿が見えない場所まで距離を取る。

気配を消したまま、凛はすぐに茂みの中へ身を隠した。

今回も、勝負はほんの一瞬で決着する。そして開幕直後に麻智の不意をつけなければ、凛の敗北も決まる。

ポツポツと雨が降り出した時、遠くから決闘の開始を知らせる銃声が響いた。その直後、ざくざくと落ち葉を踏みしめる足音が微かに聞こえてくる。

凛を格下と信じ込んでいる（実際に格下なのだが）麻智は、凛がいる方向に無造作に向かってきているようだった。

「また、この前と同じかくれんぼなの？　無駄なあがきね」

勝ち誇るような麻智の声が凛の元へと届く。

その後、しばしの間静寂が訪れた。麻智が精神を集中させ、凛の匂いを見ようとしている最中なのだろう。

しかし、その数十秒後だった。

「い、いったいどういうこと⁉　なんで凛の匂いが見えないの⁉」

茂みの葉の隙間から、うろたえる麻智の顔が見えた。

凛の匂いをどうしてもたどれないらしい麻智。そんな事態は想像もしていなかったようで、右往左往している。

混乱している麻智は、呆れるほど無防備だった。こんなのなにかの間違いだと凛の存在を捜すことに必死で、まるでこちらの動きを警戒していない。

そして、そんな麻智の隙を凛は逃さない。息をひそめ森の一部となった凛は静かに弓を引き、矢を放った。

凛の弓の腕はまだまだ麻智の実力には遠く及ばない。しかし、隙だらけの状態で慌てているあやかしに一発当てるくらいなら、『与一』の元でひと月修行した凛ならば造作もなかった。

「うっ⁉」

凛の放ったゴム矢は、見事麻智の胸に命中した。

殺傷能力はないはずの矢だが多少の痛みは伴うようで、胸を押さえて麻智はうずくまった。痛みではなく、凛ごときに一矢報いられたショックからへたり込んでいるのかもしれないが。

立会人が麻智の元へと駆け寄った。そして彼女に命中した矢を確認すると、高らかに発言した。

「凛の勝利！」

その言葉を耳にした直後、少し遠くで雷鳴が鳴り響いた。勝敗を確認した立会人は、関係者に報告へ行ったのか足早にこの場を去った。

　そして次の瞬間、張り詰めていた凛の緊張の糸が切れる。脱力し、その場に座り込んだ。必死で消していた気配も自然と発してしまう。

　並々ならぬ集中力を要する行為を長時間行っていたため、とてつもない疲労感が体を襲った。

　すると、凛に敗北して俯いていた麻智がハッと顔を上げた。驚きのあまり、血走った目をしている。その表情のまま、麻智は凛の元へと駆け寄ってきた。そして疲労困《こん》憊《ぱい》でいまだに地に腰を下ろしている凛に、こう告げた。

「凛、あなた……！　この匂い、人間じゃないのっ」

　そんな麻智に、凛は力なく微笑んで頷いた。

　あやかし界に来てからというもの、伊吹からの口づけによる匂いづけで、凛は常に人間の匂いを消していた。しかし、すでにひと月以上も伊吹と接吻していない凛からは、完全に鬼の匂いは消滅している。

　麻智は前回の決闘の時に、こんな発言をしていた。

『あやかしは皆、体から匂いが出ていて、気配を消せば匂いもほぼ無臭に抑えられる。嗅覚の鋭い種族でも察知できないくらいにはね。だけど、いくら気配を消したところで、体に染みついた匂いは完全にはなくならない。あやかしの匂いを視覚化できる私は、それが見えるのよ。……まあ、匂いを見るには私も並々ならぬ集中力が必要だから、こういう時にしか使わないんだけどね』

どんなあやかしでも消せない匂いを麻智は視覚化できると豪語していた。

しかし凛は、そもそもあやかしではなくて人間なのである。最初からあやかしの匂いなどないのだ。

麻智が『匂いを視覚化できる』と強調していたせいで、人間の匂いも見えるのだろうと自然と思い込んでしまっていたため、ほんの二日前まで思いつかなかった。

しかし、大江の『茨さまなら確実に麻智に勝てる、彼女はいつもあやかしでは考えつかないような突拍子もないことを思いつくんだ』という言葉。そして、伊吹の『確かに君は妖力がない人間かもしれない。しかし、あやかしには持ちえない芯の強さと優しさを持っているじゃないか』という発言。

それらと、麻智のこれまでの言葉を改めて振り返った結果、思い当たったのだ。

鬼の匂いがついていない状態で気配を消せば、麻智が能力を使っても気取られないのではないかと。

そのため凛は、伊吹に決闘を終えるまで口づけを控えてもらうようお願いした。

それまでひと月近く凛と離れていた伊吹は『俺にとってはとてつもない苦行だな』と暗い顔をしていたが、協力してくれたのだった。

結果、凛の目論見《もくろみ》は的中し、この作戦は功を奏した。

しかしこのやり方は、凛にとって非常に大きなリスクを伴うものだった。

あやかしは皆、嗅覚に優れている。人間の匂いを瞬時に察知できる者が大半で、凛が気配を消すのをやめた途端、その匂いをかぎ取られてしまう。つまり、凛が人間であると、麻智を始めとするこの場のあやかしたち、そしてネット配信を視聴しているあやかしたちが気づいてしまうのだ。

「な……！　人間ってっ。なんであやかし界なんかで暮らしているのよっ」

「私は夜血の乙女という鬼が好む血を持つ、百年に一度の割合で誕生する人間なんです。しきたり通り、鬼の若殿の嫁として献上されました」

うろたえながら尋ねる麻智に、いくらか体力が回復した凛は静かに答えた。

「なんて危険な……！　今回の決闘は、ネットで生配信されているわ！　みんなにあなたが人間だって、今この瞬間バレてしまったじゃないの！」

なにをとんでもないことをしているんだ、とでも言いたげに麻智はまくし立てる。

あやかし界に人間が身を置く危険性は、誰もが知っている。それを踏まえた上で、麻智は凛の身を案じてくれている。

――やっぱり、麻智ちゃんは本当は心優しいあやかし。私に冷たい態度を取っていたのはなにか理由があるんだわ。きっと、一緒に弓道場で笑い合っていた頃の麻智ちゃんが、本来の彼女……。

笑顔を向けてくれた頃の麻智を懐かしみながら、凛は微笑む。

「そうですね、あなたの言う通りです。でも私よりも圧倒的に強いあなたに勝つ方法を、私はこれしか思いつかなかったんです」

「凛、だからって……！」

「……今まで危ないこともたくさんありました。一歩間違えたら命を落としていたような経験も、一度や二度ではありません。でもそのたびに、伊吹さんや他の仲間のあやかしたちに支えられて、なんとかここまで――伊吹さんの伴侶として戦う場面まで来られました。私は『最強』の鬼の若殿・伊吹さんの妻であり、人間。それが私の誇りです」

いまだに当惑している様子の麻智を、凛はまっすぐに見つめていた。視線に強い光を込めて、堂々と胸を張って。

力を持てない自分を、何度卑下したか。あやかしだったらもっと伊吹の役に立てたのにと、何度意味のない想像をしたか。

だが、麻智との決闘においては、自分が人間でなくては勝利は難しかっただろう。

伊吹のような圧倒的な力を持つあやかしならば簡単に勝てたとは思うが、人間の中でも平凡な能力しかない自分があやかしとして生まれたところで、きっと凡庸な存在だったに違いないから。

凛の言葉を聞いた麻智は、脱力したように膝から崩れ落ちた。そして呆然とした面持ちで凛を見つめ返す。

「負けたわ。なんていう覚悟なの……」

掠れた声を絞り出した後、麻智はこう続けた。

「私はこの前の決闘でひどい言葉をあなたにぶつけてしまった。あなたについて、なにも知らなかったのに。勝手に想像して、妬んで。ごめんなさい。謝っても謝りきれないわ……」

大層申し訳なさそうな顔をする麻智だったが、凛は首を横に振った。

「いえ。私が弱くて伊吹さんの力に頼ってあやかし界で暮らしているのは、事実ですから。私は彼や仲間の力を借りないと、今頃生きてすらいないでしょう。……でもだからこそ、私は彼らに感謝をしているんです。その上で、私にもできることを常に必死になって考えています」

「自分の弱みを知っているのは、強い者の証よ。……あなたは強いわ。あなたに嫉妬するあまり、自分を見失っていた私なんかよりも、ずっとね」

そう言った後、麻智は口角を上げた。久しぶりに目にした彼女の優しい笑みだった。

凛の胸がじんわりと熱を帯びる。

自身の存在をかけて挑んだ決闘は、勝利以上のものをもたらしてくれた。

だが、それにしてもどうして麻智は凛が鬼の若殿の妻だと知った瞬間、敵意を向けてきたのだろう。決闘での敗北を爽やかに受け入れ、あやかし界では下等扱いされがちな人間である凛の頑張りを素直に認めてくれる度量の広いあやかしだというのに。

「そう言ってくれて嬉しいわ。ありがとう、麻智ちゃん。だけどどうして私が伊吹さんの妻だと知った後、態度を一変させたの？　お互い素性を知らなかった時は、あんなに親しくできたのに……」

麻智との間を隔てていた壁がなくなったので、凛は改めて尋ねた。

すると麻智は気まずそうに凛から目を逸らす。

「それは……」

なにか言いかけたが、それ以上言葉が続かない。

説明しづらい事情があるのだろうか、と凛が考えていたその時。

「失敗しおって。この役立たずめが。やはり使用人風情の子の女などに頼るのではなかった」

突き放すような、ひどく冷淡な声音だった。

発したのは、自身の息子である夜刀と共に現れた、大蛇。決闘に決着がつき、様子を見にやってきたようだ。

眉間に皺を寄せる大蛇の斜め後ろに控えている夜刀は、敗北に絶望しているのか重苦しそうな顔をしている。

麻智は慌てた様子で大蛇に駆け寄り、ひざまずいた。

「大蛇さまっ。申し訳ございません！　ですが私は――」

「言い訳は聞きたくない。お前などもう不要だ。夜刀、やはりこの女との結婚は認めん。もともと俺が見繕っていた、妖力の高い名家の女を嫁にもらおう」

麻智に冷たく言い捨て、鋭い眼光で有無を言わさぬ圧をかけながら、絶望的なことを夜刀に告げる大蛇。

「大蛇様、そんなっ」

「父上！　麻智は精いっぱい力を尽くしたではありませんか！　今回の失敗だけで切り捨てるなんてっ……！」

麻智は涙目になりながら大蛇にすがり、夜刀も必死な様子で父に食らいつく。

「黙れ、馬鹿者どもが。能なしなど崇高な龍族にはいらぬのだ。夜刀、出来損ないのお前だって本来は不要なのだぞ。俺の血を引いているから情けをかけてやっているに過ぎない。『あやかし界の頭領になれれば自分を見てくれるか。麻智が役に立てれば結婚を認めてくれるか』なんていうお前の口車なんかに乗せられるんじゃなかった」

まったくつけ入る隙を感じられないほど、大蛇は無慈悲に言い切る。

直接大蛇に言葉を向けられているわけではない凛ですら、その薄情な様子には寒気を覚えるほどだった。温厚そうな様子の大蛇しか凛は知らなかったので、そのギャップがますます恐ろしく感じられた。

大蛇のこの言動もネットで生配信されているはずだ。しかし、凛が大多数のあやかしたちがいまだに貶めている人間だとわかった今、本性を隠す必要はないと大蛇は考えたに違いない。

そして今の大蛇の発言で、麻智が自分を目の敵にしていた理由のおおよその見当がついた。

夜刀との結婚を反対されていた麻智だったが、手を貸して夜刀をあやかし界の頭領にさせられれば認めてやるとでも言われていたのだろう。それで凛との決闘に挑んだというわけだ。

さらに力のない凛が労せずに伊吹と結婚し、彼の力で御朱印をたくさん集めているという噂を耳にし、深い嫉妬心が芽生えてしまったらしい。

夜刀と麻智にとって、あやかし界の頭領であり龍族の最高権力者でもある大蛇の発言は絶対のようだ。彼らは揃って俯き、黙りこくってしまった。

すると今度は、大蛇は凛の方へぎょろりとした赤い瞳を向けてきた。

本能的な拒否感からか、凛は一歩後ずさる。

「しかしまさか、鬼の若殿の花嫁が人間とはな。茨木童子を迎えてからもう百年も経ったか。……妻が危険にさらされないよう、保守派のあやかしからの支持を失わないよう、今まで伊吹がひた隠しにしていたというわけか」

ぶつぶつと呟く大蛇。すぐに凛や伊吹の事情を察するのは、さすがは現・あやかし界の頭領である。

凛を観察するように一瞥した後、大蛇は下卑《げび》た笑みを浮かべた。

「くっくっく……。人間などを伴侶に迎えるとは、なんと愚かな。人間を下等生物だと考える多くのあやかしたちは、伊吹を支持しないだろうなあ。それにせっかく集めた御朱印の持ち主たちも、話が違うと反発するのではないか？」

正直、凛にとっては耳が痛い言葉だった。

──御朱印を授けてくれたあやかしたちの中には、私の正体を知らなかった者もいる。私が人間だってわかったら、敬遠される可能性は少なくない……。

魂の契りである、御朱印の押印。たとえなにが起ころうとも味方であるという契約であり、他のどんな約束よりも優先される。

もし御朱印を押印した相手に対して背信行為を行えば、天界に住む神や魔王が罰しに来るという伝承がある。しかし動的な裏切り行為は行わず、疎遠になって関わりを控えるという選択は実は可能だ。御朱印を押印したものの仲違いをし、その後没交渉になったという事例は多々あるらしい。

今まで凛に御朱印を授けてくれたあやかしたちは気のいい者たちばかりだが、果たして人間に対しても今まで通りの信頼を置いてくれるのかどうか。凛には未知数だった。

「嫁同士の対決は不本意な結果に終わったが。人間を嫁に選んだ伊吹から心が離れた民衆も多いだろうな。かえってこちらが優位になったわ。ははは！」

今、この瞬間もネットでこの様子は配信されているはず。大蛇は視聴者に聞かせるつもりで高笑いをしているのだろう。

凛はただ沈黙を貫いていた。大蛇の言葉はまさに自分も懸念していたため、反論の余地はない。あとはただ、静かに待つほかなかったのだ。すべてを覆す証拠を携えた伊吹が、この場にやってくるのを。

「大蛇、束の間の優越感は楽しんだか？　お前は万事休すだ」

ちょうどその時、清涼感のある美声が凛の背後から聞こえてきた。

ハッとして振り返ると、なんと伊吹が立っていた。決闘中に近くで凛を見守っていた椿も、彼の傍らにいる。

大蛇は眉をひそめる。

「どういう意味だ、伊吹。そこの人間が決闘で勝ったからといって、お前は——」

「大蛇。古来種の集会への参加容疑、大規模人間誘拐事件の主犯など、多数の罪でお前を逮捕する」

首を傾げている大蛇の言葉を、伊吹が凛とした声で遮った。

――よかった、伊吹さん。この場に間に合ったのですね。

伊吹が大江宅で修行をしていた凛を迎えに来た際、彼が椿らと共に進行していた大蛇周辺の調査状況ついて聞かされていた。

大蛇が古来種側の幹部であり、大規模誘拐事件の主犯である可能性があること。

火照の証言から、誘拐事件の現場に大蛇がいた時期に彼が脱皮をしており、その皮が落下しているかもしれないこと。

そして伊吹たちが現場で血眼になってその皮を捜索したところ、それらしき物体を数片発見したこと。

それを鑑定し大蛇のＤＮＡと一致すれば、誘拐事件に関わっていた物的証拠となる。

しかし皮を発見したのはほんの二日前だ。数カ月前の皮なので検体としての状態が悪く、鑑定が出るのに少なくとも二日、もしくは照合に失敗する可能性もあるという話だった。

皮を発見し、奉行所の科学捜査班に託したその足で、伊吹は大江宅に凛を迎えに来たのだ。

『皮が見つからなければ、凛の元へは来られなかっただろうな。発見できてよかった。

小さな皮一枚捜すのは、本当に骨が折れたよ。あとは鑑定が早く終わり、よい結果が出る方向にかけるしかない……』

二日前、期待を込めるように伊吹は凛にそう告げていた。

「……なんの話だ」

大蛇が伊吹らを睨みつけ、冷静な声で言う。

はっきり逮捕すると告げられても取り乱さないのは、あやかしの頭領の器がなせる業か。

「とぼけても無駄だ。証拠はいくつも挙がっている。逮捕済であるお前の手下の証言や、事件現場に落ちていたお前の皮なんかがな。皮はすでにDNA鑑定済みだ」

「おとなしくお縄についてくんないかなー？」

伊吹が淡々と捜査状況を告げた後、椿がへらっと笑い大蛇を煽る。

大蛇はふたりを見据えたまま口を閉ざした。狼狽する素振りはなかったが、彼らの言葉を否定するふうでもない。そして大蛇は俯き、低い声でこう呟いた。

「まさか、皮一枚を探し当てるとはな。敵ながら見事としかいいようがない。DNA鑑定までされては、もはや言い逃れはできそうにないな……」

素直に罪状を受け入れるような言葉が凛には意外だった。

彼の考えていた野望やそれまでの行いを踏まえると、証拠を突きつけたとしてあっさり罪を受け入れるようなあやかしには思えなかったのだ。

――でもこれで大蛇さんが捕まってくれれば古来種の勢力は減退するだろうし、伊吹さんが次のあやかし界の頭領に……。

そんなふうに希望を抱き始めた時だった。

大蛇が顔を上げた。悪意に満ちあふれたような、醜悪としか言い表せないような微笑みを彼は浮かべている。

凛の背筋が凍った。

「くく……。こうなったらもう、最後の手段だ」

含み笑いしながら意味深な言葉を発した後、大蛇は人差し指と親指をこすってパチン！と音を鳴らした。

なにかの合図かと身構えた伊吹が凛を守るように抱きしめる。椿もすでに臨戦態勢を取っていた。

夜刀と麻智は、怪訝な面持ちできょろきょろと辺りを見渡している。彼らも大蛇がなにを企んでいるのか把握していないらしい。

しかしそれから数秒経っても、大蛇の援軍が来るわけでも大蛇自身の体に変化が起きるわけでもなくなにも起こらない。

――大蛇さんはなにをしようとしたの？　もしかして、ただのはったり……。

と凛が思いかけたその時。

「うっ……ぐっ」

突然夜刀が苦しそうな呻き声を上げ、その場に膝をついた。

麻智が「夜刀！　どうしたの⁉」と、苦悶の表情を浮かべる彼に声をかける。

すると次の瞬間、信じがたいことが起こった。

頭を抱えながら唸《うな》る夜刀の体が、なんとボコボコと不気味な音を立てながら変形していったのだ。

麻智は呆然とした面持ちで、「や……夜刀……？」と掠れた声を上げる。

夜刀の全身が変形しながら肥大化していく。

凛が恐怖を覚え始めた時、椿が「危ない、離れろ！」と麻智に向かって叫ぶが、耳に届いていないようで彼女はただ立ちすくんでいた。

伊吹が凛を抱きかかえたまま麻智に近づき、慌てて夜刀から引き放した。

いや、しかしそれは果たして夜刀なのだろうか。

変形と肥大が終わった夜刀は、立派な髭《ひげ》と長い尾を持つ、龍本来の姿になっていた。

全身にびっしりと生えた硬質の鱗に、天に伸びるように生えている黄金の鬣《たてがみ》と漆黒の角は、畏怖の念さえ感じるほど美しい。

だが宝石のように輝く黄金の目は血走っていて、夜刀が自我を忘れて猛《たけ》り狂っているのがひと目でわかった。凛なら丸呑みされてしまうほどの大きな口からは、鋭い牙が覗き唾液がだらだらと流れ出ている。

──い、いったいなにが起こったの？　どうして夜刀さんが……。

突然の夜刀の変貌に状況を把握できない凛だったが、その傍らで伊吹がハッとしたような面持ちをした。

「これは樹木子《じゅぼっこ》の呪いか！　火照の時と同じだっ」

伊吹の言葉から、凛は大蛇の身になにが起こったのかを一瞬で悟る。

大規模誘拐事件の際、さらわれた恋人の玉姫を取り返そうとした火照だったが、彼も捕まってしまった。そして、古来種派が秘密裏に進めていた樹木子の呪いの実験台にされたのだった。

本来なら、効き目の強い栄養剤となる貴重な薬草である樹木子だが、大量に摂取すると獣のように欲望が強くなる呪いがかかってしまう。特に肉食欲が強まるようで、人間の肉を食べない種のあやかしであっても、人肉を欲するようになったり、あやかしの肉を欲したりする場合すらあるのだという。

そして、その欲によって食らった者の記憶や能力を自分のものにできるようにもなる。つまり人間やあやかしの肉を食らえば食らうほど、樹木子の呪いを受けた者は強くなるのだ。

だが欲求が強くなるあまり、どうしても自我を失ってしまうのは避けられないようで、うまく樹木子の効果を使いこなすのは難しい。

ゆえに、古来種派のあやかしたちは侵入者である火照で実験を行ったようだ。

「火照……？　ああ、以前にわしらが実験を行った狛犬か」

理性を失った龍となってしまった実の息子を見上げながら、大蛇が下卑た笑みを浮かべる。

「あの時は、貴様らがなんらかの方法で呪いを解除したようだがな。夜刀に摂取させた樹木子の量は、あの時の数倍だ。格段に効果が高くなっているはず。さらにわしの命令だけ聞くように調整されている。たとえ『最強』の鬼の若殿といえども、解除は不可能だろうな！　ははは！」

「大蛇様、なんてことをなさるのです!?　夜刀はあなたの実の息子ではないですか。なんて惨《むご》い……！」

高らかに哄笑《こうしょう》する大蛇に、涙目になった麻智が悲痛の叫びを上げる。

「ふん、なにを戯言を。さっきも言っただろう。出来損ないの息子など本来は不要なのだと。しかし樹木子の呪いのおかげで、夜刀は強大な力を得た。あいつは役立たずではなくなったのだ。ずっとわしに認められたかったのだろう？　あいつも本望だろうよ」

「そんな……！　早く元の夜刀に戻してくださいっ」

「それは無理な相談だな。伊吹たちが狛犬をどう元の姿に戻したかは知らんが……。樹木子の呪いは本来解除できぬほど、強力なもの。夜刀は一生、わしの思うがままに動く龍となったのだ！」

「……っ！」

歯がゆそうな面持ちで、麻智は膝をつく。夜刀が二度と元の姿に戻らないという大蛇の宣告に絶望し、茫然自失《ぼうぜんじしつ》となっているようだ。

「なんてひどい……。あやかし界の頭領が、こんなことをするなんて」

ぐるるる……と低く呻く夜刀と、どん底に叩き落とされた麻智の様子があまりにもいたたまれない。

しかし大蛇に凛の声など届くはずもない。

「ここで伊吹らを亡き者にすれば、『最強』の称号を持つ鬼に勝利したわしを支持する者、弱い者を蹂躙するのがあやかしの正しい姿と目の覚める者も増えるはず。まあ、強引なやり口に反発も必至だが、力でねじ伏せればいいだけだ。それがあやかし界の正しき姿よ。伊吹、死んでもらおう！」

大蛇が誇らしげにそう叫ぶと、夜刀がひときわ高い雄叫びを上げた。そして伊吹たちに向かって口から火を噴く。すでに雷雨は収まっていたため勢いよく炎が上がった。

凛と麻智を抱えた伊吹は、夜刀の攻撃をなんなく回避する。椿も慌てた様子はなく、優雅な動作で炎をかわしている。

だが夜刀が放った火炎に当てられた木々や草は、あっという間に消し炭と化してしまった。さらに一瞬で付近が高温になったようで、凛は皮膚がひりひりするほどの熱さを感じた。

龍が放つ炎は、どうやらただの火ではないらしい。とてつもない威力を誇る火炎だと、今たった一発を目にしただけでも理解できる。

「これは……俺たちでも結構苦戦する相手だね。ってか、倒しちゃダメなのか。夜刀が死んじゃうし」

いつも余裕しゃくしゃくの笑みを浮かべている椿が、珍しく冷や汗を浮かべていた。

伊吹も唇を噛みしめている。

「凛。わかってはいるとは思うが……。火照の時に樹木子の呪いを解呪できたのは、奇跡的にさまざまな偶然が重なっての結果だ。今回も同じようにうまくいくとは限らない」

少し離れた場所に凛と麻智を置いてから、伊吹が重々しい口調で告げた。

「はい」

返事をしながら、火照の時のことを凛は思い起こした。

――あの時は、玉姫さんが火照さんに自ら食べられることで火照さんの動きを止めてくれた。

樹木子の呪いがかかった者は、食べた者の能力や記憶を受け継ぐ。

恋人の玉姫が自分を愛していたという思い出が頭に流れた結果、それまで自我を失っていたはずの火照だったが、深い悲しみに襲われて攻撃を停止した。

そしてその隙に、火照の命を終わらせるつもりで伊吹が強力な攻撃を食らわせ、彼は虫の息になった。

しかし弱った火照の体を見て、夜血の呪いを解く効果と傷を癒す効果が今なら有効かもしれないと凛が気づき、自らの血液を振りかけたのだ。

すると火照にかけられた呪いは見事に解け、丸呑みにされてかろうじて息があった玉姫も奇跡的に生還したのだった。

――強力な樹木子の呪いに、夜血の呪いを解く効果は本来効かないはずだけど。死ぬ間際まで弱らせられれば夜血で解呪できるみたいなのよね。

だが今回、椿が自分たちでも苦戦する相手だと苦笑いを浮かべるほど夜刀は強大な龍になっている。本来、夜刀は伊吹が手こずるようなあやかしではないが、樹木子の呪いを受けて力を得て、伊吹や椿を凌駕《りょうが》するほどの難敵へと成り上がったようだ。

そんな相手を瀕死《ひんし》の状態まで弱体化させるなど困難だろう。それに、力加減を一歩間違えたら夜刀は命を落とす。

麻智が夜刀に食われれば一時的に動きを止められるだろうが、通常なら餌になって噛み砕かれた瞬間に命を落とすはず。丸呑みにされた玉姫のように腹の中で生きている可能性は低い。

——いったいどうしたらいいの。

「凛の夜血を飲んだ俺が炎を放てば有効打を食らわせるのは可能かもしれないが。あの強大な龍に力加減はできないだろうな。しかし、そうすると夜刀は……」

「……死んでしまう、というわけね」

伊吹の言葉を、暗い声で麻智が続ける。

獰猛《どうもう》な龍へと成り果てた恋人を前にし悲壮感でいっぱいの麻智に、凛は言葉をかけられない。

その後、伊吹と椿はふたりの女を守りながら、夜刀の攻撃を俊敏な動作でひたすらかわし続ける。

時折妖術による攻撃を仕掛けることもあったが、彼の命を思うと本気を出すわけにもいかない。ほんの少し夜刀の動きを止めるので精いっぱいだった。

「ははは！　よもや、『最強』の伊吹が逃げ回る姿が見られるとはなっ。さて、いつまでもつかな？」

いつの間に登ったのか、夜刀の後方に生える木の上から大蛇が見下ろしていた。右往左往することしかできない伊吹たちを見てせせら笑っている。

その後しばらくの間、伊吹と椿がただ夜刀の攻撃をかわし続けるという膠着《こうちゃく》状態が続いた。

しかし勢いのある火炎をよけ続けるのは体力を消耗するようで、ふたりの表情には疲労感がにじみ出てきた。

すでに周辺の森一帯は焼け野原となり、樹木を犠牲に攻撃を回避する方法も取れなくなってきている。すると。

「……もういいわ」

麻智が俯き、静かな声で告げた。

凛は首を傾げる。

「麻智ちゃん？」

「もういいって言ったのよ。このままでは私もあなたたちも、夜刀に食べられるか彼の炎に焼かれて消し炭になってしまう。……伊吹さん。手遅れになる前に、あの人を殺してください。嫌なお願いをしてしまい申し訳ありませんが、私では彼をどうすることもできませんから」

凛は絶句した。

悲しい決意をした麻智は、すすまみれになった伊吹をじっと見つめている。その瞳にはすでに涙は浮かんでいない。

伊吹はしばらくの間、無言で麻智に視線を返していた。

凛もかける言葉がなにも見つからない。なんとかして夜刀を救う方法がないかと必死で思案を巡らせるも、やはりなにも思いつかなかった。

「麻智さん、いいのか」

重苦しい口調で伊吹が問うと、麻智がゆっくりと頷いた。

「はい。これ以上あなた方に迷惑はかけられません。……お願いします」

伊吹は俯く麻智からつらそうに目を逸らすと、「……凛」と静かな声で呼んだ。

――夜刀さんがなるべく苦しまないように。伊吹さんは私の血を吸って力を得て、強力な炎の術で一瞬で焼き尽くすつもりだわ。

瞬時に察した凛は、無言で頷く。

平常時でも伊吹は最強には違いないが、今回のようにあやかしの常識を超越した相手と対峙する場合、夜血を吸い本来の鬼の姿となるのだ。

伊吹は凛をそっと抱きしめ、その細い首筋に歯を立ててきた。凛から「んうっ……」という吐息交じりの声が漏れた。

夜血を伊吹に吸われるのは確かこれで五度目だったと記憶している。

自分の一部が伊吹の中へと溶け込んでいくこの瞬間は、どうしても圧倒的な悦楽を覚えてしまうのだった。

そして、吸血を終えた伊吹が凛を解放すると、深い脱力感を覚えてその場にへたり込んだ。

凛の虚《うつ》ろな視界が映したのは、天空に向かって伸びる一本角を生やし、激しい炎のような紅蓮の髪色をした伊吹の姿だった。

彼は凛と麻智を自身の背中でかばうような形で、数メートル先で雄叫びを上げている夜刀と対峙した。

凛は深いやるせなさを覚えながら、ただ伊吹の背中を見つめることしかできない。

伊吹の腕が煌々《こうこう》とした紅蓮の光を帯び始める。彼の十八番である炎の術がもうじき夜刀に放たれるだろう。

今度は椿が夜刀の眼前に無防備に現れ、彼の注意を引きつける。状況を察したらしく、伊吹が術を放つ準備が整うのを手助けしているらしい。

そして伊吹の腕を光らせる赤が一段と濃厚になった時。彼は炎を浴びせようと、夜刀に向かって手のひらをかざした。

「夜刀……ごめんね」

傍らの麻智が掠れた声でそんな言葉を漏らしたのが聞こえてきた。

凛は唇を噛む。

――こんなの悲しすぎる。どうしようもないの……？

しかし、伊吹の手から炎が解き放たれようとした、まさにその時だった。

「ちょ、ちょっと待ったああ！」

突然、若い男性の叫び声が場に響いた。伊吹は驚いたように目を見開き、同時に腕の赤い光が消滅した。

その声は、とても聞き覚えのある声だった。

「鞍馬くん……？」

そう。声の主は、この場にいないはずの鞍馬だった。急いでやってきたらしく、息を切らしている。

さらに現れたのは鞍馬だけではなかった。彼の背後には、絡新婦の糸乃、鬼の紅葉、貘《ばく》の伯奇、蛟の瓢、アマビエの甘緒、狛犬の阿傍、妖狐の八尾という、それまで凛に御朱印を授けてくれたあやかしたちが、大江を除いて勢ぞろいしていたのだ。

「みんな!?」

驚きの声を漏らす凛。

傍らの麻智は、何事かと呆気に取られている。

みんな、鞍馬と共に付近のカフェで決闘の生配信を視聴していたはずだ。つまり、凛が人間であると判明した一部始終も見ていたに違いなかった。

先ほど大蛇が話していた通り、自分を人間だと知った彼らの反応がどうなるのか、凛はとてつもなく不安だった。

特に糸乃、紅葉、伯奇、阿傍、八尾はそれまで凛を人間だとは知らなかったはず。

だが現れた同胞たちは、一様に凛を曇りなき眼で見つめていた。まっすぐと、温かみを宿した瞳で。

「お凛ちゃんすごいじゃん！　人間なのに、龍に勝つなんてさー」

はしゃいだ様子の瓢。子供の頃、人間界で友人だった時と変わらない気さくさだ。

「ほんとほんと！　ネットで動画見ながら応援してたんだけどさー。なんか凛たちがピンチっぽいからみんなで助けに行こうってなって！」

人なつっこい笑みを浮かべる糸乃。正体を鬼だと偽っていた時の凛に向けていた表情となんら変わらない。

「まったく、毎度世話の焼ける奴じゃの」

ため息交じりにアマビエの甘緒が呟く。相変わらずのひねくれた態度は、もはや親しみすら感じられる。

「みんな！　手を貸しに来てくれたんだなっ」

夜刀を仕留めるための一撃を中断した伊吹は、襲いかかる龍の炎を椿と共にいなしていた。思いもよらない応援に笑みを零している。

「まあね！　夜刀さんが姿を変えたのを見てやベーって思ってさ。慌てて来たんだけど、遅くなってごめんね」

お茶目な様子の鞍馬。

いつも通り明るい義弟に、凛が深い安堵を覚えていると。

「貴様らっ。その女は下等な人間ではないか！　知らずに御朱印を押印してしまったとはいえ、なぜ手助けをする⁉」

それまで木の上でふんぞり返っていた大蛇が叫んだ。集まってきたあやかしたちに非難めいた視線を向けている。

すると、紅葉から「はあー」と深い嘆息が聞こえてきた。大蛇を小馬鹿にしたように、半眼で睨みつけている。

「まったく。これだから頭の固いじじいは嫌なのよね。頭ん中までもう化石になってるんじゃないかしら？」

「ほーんとそれな」

うんうんと頷きながら紅葉に同調するのは妖狐の頭領・八尾だ。

「俺ももともと種族とか別に興味ないしなー。凛ちゃんが気に入ったから御朱印を押しただけだし」

あくび交じりに言うのは伯奇。眠りを司るあやかしである獏は、いつも通り眠そうだ。

そして最後に狛犬の頭領である阿傍が、大蛇に鋭い視線をぶつけながら口を開く。

「……戯言はそれだけか？　私たちは凛の優しさ、芯の強さに惹かれて御朱印を押印したのだ。生半可な気持ちで同胞になったわけではない。彼女が人間だからって、魂の契りは揺るがない！」

一刀両断するかのような阿傍の強い口調には大蛇も怯んだようで、「ぐっ……」という小さな呻き声が聞こえてきた。

「ちょっとみんなー。話は後にしてこの龍を弱らすのを手伝ってよー。そろそろ俺、疲れてきたんですけど」

夜刀の攻撃をいなしていた椿が、現れたあやかしたちに向かって助けを求める。

「あっとごめんごめん！」

「任せろ！」

糸乃と八尾がそう返事をすると、みんなが夜刀の周辺を取り囲む。

糸乃は絡新婦の粘着性のある糸を手首から放出し、夜刀の足元に巻きつけた。夜刀は身動きがとりづらくなったようでその場でじたばたともがき出す。

そんな夜刀の眼前を、紅葉や阿傍、瓢、八尾が俊敏な動きで惑わしたり、各々が得意とする妖術による攻撃を仕掛けたりしている。

鞍馬も得意とする雷の術を夜刀に浴びせた。

それに鬼本来の姿となった伊吹が放つ火炎や、椿の攻撃も加わり、夜刀が見るからに体力を奪われているのが凛にはわかった。

さらに伯奇が呪文のようなものを唱えれば、夜刀の瞼が半開きになった。

眠りへ誘う術をかけているようだが、巨大な龍には効果が出づらいようで眠気を覚えさせるのが精いっぱいのようだ。

そんな夜刀の顔に甘緒は無造作に近づいていくと、持っていた試験管を顔面に投げつけた。

割れた試験管の中からは液体があふれ、凛も刺激臭を感じた。

すると今度こそ夜刀は瞳を閉じ、その場で眠りこけてしまう。試験管の中身は、甘緒の調合した強力な睡眠薬かなにかだったのだろう。

すると甘緒は、凛にこう告げた。

「皆が弱らせてくれたおかげで、我の秘薬が効いたようだ。さあ凛よ。今なら、貴様の夜血の力で夜刀にかけられた樹木子の呪いも解けよう」

「はい！」

力強く頷くと、伊吹と共に凛は眠っている夜刀に近寄る。

麻智もおずおずとついてきた。彼女の瞳には戸惑いの色が浮かんでいて、夜刀にかけられた呪いが本当に解けるのだろうかと半信半疑な様子だ。

「凛。少し痛むぞ」

「はい」

伊吹が護身用に持っていた短刀を構えると、凛は手首を出した。

こんな状況でも愛する嫁を傷つけるのは耐えがたいようで、伊吹は一瞬ためらうような手つきを見せる。

なんとか短刀の刃を凛の手首に当て、とても薄いひと筋の線を入れた。

痛みはほとんど感じなかった。伊吹の刃の入れ方がひどく優しかったからだろう。

その傷口からうっすらと凛の血――夜血がにじみ出てくる。

凛は眠っている大きな龍の頭に手首をかざし、血を一滴、二滴、三滴……と垂らした。

すると巨大な龍の全身がキラキラとまばゆい光に包まれた。さらに、みるみるうちにその体は縮んでいき、あっという間に人型のあやかし程度の大きさへと変化する。

龍族の男性にしては華奢で色白の、本来の夜刀が現れたのだった。樹木子の呪いが発動する前の、見慣れた姿が。

「夜刀っ」

もう二度と見られないはずだった人型となった最愛の恋人に、麻智が泣きじゃくりながらすがりつく。

一方の夜刀は、まだ意識が覚束《おぼつか》ないのか「う……」とか細い声を上げた。

そんなふたりの姿に、凜が目を細めて感動を覚えていると。

「……ちっ」

頭上から舌打ちが聞こえてきた。

木の上で様子を見ていたらしい大蛇が発したのだろう。ハッとして凜が見上げると、なす術《すべ》のなくなったらしい大蛇が木の上から飛び降り、逃亡しようとしていた。

「おいっ。待てよ、くそじじい」

しかし俊敏さでは伊吹に勝る鞍馬が電光石火の速さで追いつき、大蛇の首根っこを掴んだ。

「なにどさくさに紛れて逃げようとしてんだよ」

鞍馬が顔を覗き込んで睨みつけると、大蛇は険しい面持ちになり鋭い視線を返した。

「天狗の若造ごときが……！　わしを誰だと思っているのだ？」

現・あやかし界の頭領であり龍族の頭である大蛇が、朗々たる声で鞍馬に脅し文句をぶつけるも。

「その言葉、そっくり貴様にお返しするが？」

千歳を優に超え、巷《ちまた》では仙女と称されている甘緒が、大蛇に近づきすごむ。

外見は愛らしい幼女であるにもかかわらず、その虹色の瞳から発せられている殺気には並々ならぬ迫力があった。

あやかし界の頭領の大蛇といえど、神に近しいとも言われている甘緒の気迫と言葉にはぐうの音も出ない様子で、「くっ」と悔しそうな声を上げた。

「まったく、ださいじじいだこと」

「ほんと。マジ老害ってやつだよね〜」

「まさか、この面子に囲まれて逃げようとはこれ以上思わんよな？」

顔をしかめ露骨に嫌悪感を露わにする紅葉と糸乃、阿傍という、美しいあやかしの女たちに囲まれた大蛇は、鞍馬に拘束されたまま頭を垂れた。

あやかし界では最強クラスの凛の同胞たちに囲まれ、現・あやかし界の頭領もさすがになす術《すべ》がなくなったようだ。

人間界とあやかし界をつなぐ鬼門の門番である阿傍が大蛇に手錠をかけ、瓢と八尾と共に彼を連行していく。今後は奉行所の牢に入れられ、裁判で数々の罪を問われるのだろう。

大蛇が無事に逮捕され、凛が安堵感を覚えていると。

「う……麻、智……？」

「夜刀！　大丈夫？」

意識がはっきりしてきたらしい夜刀と麻智の会話が聞こえてきた。凛は少し離れた場所から彼らを見守る。

「まだ頭がぼんやりするし体の節々がとても痛いけれど……。休めばよくなると思う。平気だよ」

麻智に膝枕されながら夜刀が弱々しい声を紡ぐ。麻智は感極まった様子で彼の頭を抱きしめた。

「ああ……、よかった。あなたが元の姿に戻って、生きていてくれて本当によかった……！」

「ありがとう麻智。龍本来の姿になった記憶はところどころ残っているんだけど……。君や伊吹さんたちを攻撃してしまってすまない。でも、誰も大きな怪我を負わずに済んでよかった。誰かを殺めることなく終わって、心から安心しているよ」

「私に謝る必要はないわ。あなたは大蛇さまにかけられた呪いのせいで自我を失っていただけだもの。……あ、でも伊吹さんたちにはふたりでちゃんと謝罪しなくてはね。それにしても、自分が大変な目に遭ったというのに他人の心配ばかりして……。相変わらずのお人好しね」

涙ぐみながらも、麻智は目を細めて穏やかに微笑む。

しかし夜刀は、どこかきまり悪そうな面持ちをしてから口を開いた。

「……僕は優しくなんてないよ」

「夜刀？」

「だって君との結婚を認めてほしくて、そして僕のことを父上に見てほしくて、古来種派になった父上に手を貸してしまったんだよ。結果、人間だということを隠して暮らしていた凛さんの心を傷つけ、伊吹さんに迷惑をかけてしまった」

絞り出すような声で夜刀は言葉を紡ぎ、さらにこう続けた。

「さらに大好きな君にもつらい思いをさせてしまった。……本当に優しいあやかしなら、父上の悪事を諫《いさ》め、次期あやかし界の頭領にふさわしい伊吹さんにその座を譲ったはず。そして愛する君の心を守ることを第一に考えたはずだよ」

夜刀の中に存在したのは、麻智に対する恋心と、実の父に見つめてほしいという純粋な思いのみだった。また、その強い願望を形にするために、ただ父である大蛇の言いなりになっていたに過ぎない。

しかしその結果、自身は欲望にまみれた龍本来の姿に慣れ果て、麻智や伊吹たちを大変厄介な目に遭わせてしまった。そんな自身の行いを夜刀は猛省しているようだ。

大事なものを手にするための行動ではあったが、危うくそれらすべてを失うところだった。

麻智はしばらくの間無言で彼を見つめていたが、ゆっくりと首を横に振る。

「あなただけのせいじゃないわ。私は幼い頃からあなたを見てきたから、大蛇さまに認められたいというあなたの思いを大切にしたかった。そして大好きなあなたのお父様である大蛇さまに、私の存在を許してもらいたかったの」

「麻智……」

夜刀が麻智の顔に向かって手を伸ばす。まだ体がうまく動かないようで、がくがくと震えていた。

麻智はそんな彼の手のひらを包み込むように優しく握った。

「そうするには、私も大蛇さまの言いなりになるしかなかったわ。でも、まっすぐな凛と戦ってやっとわかった。私たちはすべてを間違えていたのね。大蛇さま……ううん、あんな時代錯誤のじじいに振り回される必要なんてなかったのよ」

「時代錯誤のじじい……。ははっ。言うね、麻智」

まだ弱々しさは感じられるが、夜刀は心底おかしそうに笑った。麻智も「ふふっ」と小さく笑い声を上げる。

「だってそうじゃない？　あんな人、もうどうでもいいわ。確かにあなたは妖力が低くて強いあやかしじゃないかもしれない。でも、あなたは他者を思いやれる優しい心を持っている。そして私はあなたを愛しているの。それだけで十分よ」

麻智の言葉を聞いた夜刀の瞳に深く柔らかい光が宿る。

「……そうだね。僕はどうして、あんな父に愛されたい、認められたいって願っていたんだろう。彼にとって僕は捨て駒でしかなかったというのに。僕には思いを通わせてくれた君がいれば、それでよかったのに」

麻智が夜刀を抱いていた腕に力を込めたようだった。夜刀は瞼を閉じ満足げに微笑む。

その光景を見ていた凛の心に、深い安堵感が訪れる。

ふたりはこの先なにが起こったとしても手を取り合って乗り越えていく。末永く愛し合うのだろうという確信が生まれた。

「あのふたりも苦しんでいたのだな。もし自分が父に存在を認められず、凛のことも許してくれないという状況に陥ったらと想像すると……。あまりふたりを責める気になれない。甘いだろうか」

凛の傍らに立つ伊吹が、麻智と夜刀を見据えながら静かにそう言った。

凛はゆっくりと頷く。

「……いえ。私も同感です」

父に認められたいと渇望していた夜刀の必死な姿は、凛に人間界にいた頃の自分を想起させた。

両親にも、妹にも虐げられていたあの頃。

どうすれば彼らは自分を家族として愛してくれるのか、彼らの言いなりになっていればそのうち自分を受け入れてくれるのだろうかと、日々苦しみながら考えていた。

そして彼らに愛されないのは、自分に価値がないせいだからとも信じていた。すべて自分が至らないのが悪いのだと。

しかし今ははっきりとわかる。

家族――特に両親は、凛がなにをどうしたところで、愛情をくれることなど決してなかったのだと。

凛の存在自体が気に入らない彼らにとって、自分はただ目障りで家事を押しつけるためのものでしかなかった。

そんな境地に凛が至れたのも、伊吹が慈しんでくれ、鞍馬や同胞であるあやかしたちが凛を大切に扱ってくれたおかげだ。

きっと人間界にいたら、凛は得られるはずのない家族からの愛情を求め続けて一生を終えただろう。

――麻智ちゃんと夜刀さんは、お互いの愛する気持ちが一番大事だと気づいている。

きっとふたりはもう大丈夫。

「麻智ちゃんと夜刀さんは、本当にお似合いのおふたりですね」

「ああ、そうだな。ま、俺たちには負けると思うが」

「い、伊吹さんったら……」

得意げに笑う伊吹の言葉に、照れた凛は頬を赤らめる。

――そういえばこうして伊吹さんと他愛のない話をするのも久しぶり。

前回の選挙の後すぐに凛は大江の元へと修行に赴いてしまったし、修行を終えてからも決闘に向けて気持ちが張り詰めていたので、ずっと深刻な状況だった。

何気ない伊吹とのやり取りに穏やかな気持ちを覚える。

そして、もうひと月以上も伊吹と口づけをかわしていないと思い出し、急に切なさを覚えた。

――も、もちろん今こんなところで伊吹さんとキスをするつもりはないけれど。

凛が密かにそんなことを考えていると、夜刀に甘緒と糸乃が近づいた。

「夜刀よ。夜血の効能で我らから受けた攻撃の大半は回復しているはずだが、すべてが治癒されたわけではあるまい。我の薬で応急処置してやろう」

「あたしも手伝うよ～。ま、この後は病院に直行だね」

本来は薬師である甘緒と看護師の職に就いている糸乃が、横たわっている夜刀を取り囲んだ。

彼女らは夜刀の傷口に薬を塗ったり、治癒効果のある絡新婦の糸を巻きつけたりし始める。

するとを麻智が、おずおずとした様子で凜と伊吹に近づいてきた。そしてなんとその場でひざまずき、ふたりに向かって土下座をしたのだ。

「ちょ、ちょっと麻智ちゃん⁉」

「……伊吹さま、凜さま。私と夜刀による数々のご無礼、本当に申し訳ありませんでした。私たちは大蛇が古来種派になったと知って協力していた。どんな罰でも受ける覚悟です」

震えた声で麻智が謝罪を述べる。

古来種派は言わばテロ組織。大蛇がそうだと知った上で手を貸していたのなら、麻智や夜刀も当然罪に問われる。しかし。

「麻智さん。土下座なんてやめてくれ」

伊吹が優しい声音で告げると、麻智はおっかなびっくりといった様子で頭を上げた。

「君たちは直接古来種派としての活動をしたわけではないから、大した罪には問われないだろう。それに俺たちはふたりが罰せられるのを望んでいない。なにか訴えを起こすつもりはないよ」

「……えっ。しかし私は前回の決闘で凜さまに怪我を負わせようとしましたし。今回、姿を変えた夜刀の攻撃によってあなたにお怪我を……」

確かに伊吹の着物はところどころ引き裂かれたり焦げついたりしていて、布の隙間から覗く肌には切り傷や擦り傷、軽い火傷のようなものが見える。

だが、伊吹はからりと微笑んだ。

「なに、これくらいかすり傷だよ。鬼は生命力が強いから、数日で痕も残らないさ。……あ、でも凛に攻撃しようとしたのは、夫としては簡単には許せないかなあ」

その脅し文句に麻智がびくりと身を震わせる。しかしニヤニヤしながらの伊吹の発言は、明らかに冗談である。

そのジョークに凛も乗ることにした。大げさな真顔を作り、麻智にこう告げる。

「そうですね。私もそれについては許せません」

「り、凛さま申し訳ございません！　私にできることなら、なんでもいたしますので……」

「なんでも？」

「もちろんです！」

必死な様子で大きく頷く麻智。

すると凛は、にっこりと微笑んでみせた。

「それなら麻智ちゃん。また私に弓を教えてくれる？　それと『凛さま』だなんて、よそよそしい呼び方はやめてほしいな」

「え……？」

虚を衝かれたようで、麻智は大きく目を見開く。

「だって、麻智ちゃんに弓を教わるのすっごく楽しかったから。また一緒にやりたいなって。それに、今回あなたに勝った手はもう使えないもの。いつかあなたと正々堂々と勝負できるように、腕を磨きたいの」

満面の笑みで凛が告げると、麻智はしばらくの間、目を瞬かせていた。

しかし凛の言葉の意味を呑み込んだのか、麻智は感極まったように破顔した。

「もちろんよ……！　ありがとう、凛。私、あなたに出会えて本当によかった……」

「私も！」

そう言葉をかわした後、どちらからともなくふたりは抱擁した。

人間の自分とはまったく異なる、龍族のあやかしである同年代の女性の体。しかし自分と等しく温かく、そして柔らかい感触に、凛は深い安らぎを覚えたのだった。


夕方、凛は伊吹と鞍馬と共に自宅へ戻った。

昨日ひと月ぶりに帰宅し、今朝もこの家から決闘の場所に向かったが、気持ちが張り詰めていたためか〝帰ってきた〟という感覚はなかった。

しかし次期あやかし界の頭領に関わる件が一段落した今、やっと凛は〝帰ってきた〟という実感が湧いた。

「お帰り〜」とふた股に分かれた尾をかわいらしく振る国茂に出迎えられ、茶の間に入る。

伊吹たちと食事やお茶をしたり、他愛のないことを話したりする、凛にとっては安らぎの象徴とも言える空間。懐かしさすら覚えるほど愛しかった。

鞍馬は「さっきの決闘の動画配信されちゃってるよね……。ちょっと見てくる。確認したいこともあるし」とすぐに自室へこもってしまった。国茂も夕食の支度をしにキッチンへと向かう。

伊吹とふたりきり。そう考えた瞬間、我慢できなくなった凛は伊吹の胸にすぐさま飛び込んだ。早く彼と口づけをかわしたかった。すると。

「きゃっ……」

思わず凛は小さく声を漏らす。

なんと伊吹も同じように考えていたらしく、お互い磁石のように引き寄せられる形で、とても勢いのある抱擁となったのだった。

「ひと月もお預けを食らって、ひとり悶々としていたのだが。凛もそうだったのか？」

耳元で伊吹が囁く。

「はい……」

凛は赤面し、こくりと頷きながら蚊の鳴くような声で答えた。

凛を抱く伊吹の腕に込められた力がいっそう強くなった。胸に感じる圧迫感が、凛の体内に幸福を注ぎ込んでいく。

「……嬉しい。例の作戦のために口づけを控えてくれと言った時の凛は、とても冷静そうに見えたから。俺だけが耐えているのかと思っていたよ」

「あ、あの時は決闘直前で緊張していましたから。伊吹さんだけが我慢していたわけでは、ないです」

凛だって、伊吹が同じような気持ちだったと知って嬉しさを覚えていた。

ふたりにとって毎日の口づけはなによりも大切な愛の証であり、なくてはならないもの。長期間行わないと耐えがたいほどの苦痛を伴うものだったのだ。

凛は伊吹に対して海の底よりも深い愛を抱いている。そして伊吹も、同じレベルで凛を愛しているようだ。

寸分も違わない愛情の重なりを感じ、かつてない充足感を凛は覚える。

「そうか。凛も俺と口づけがしたくてしたくてたまらなかったというのだな」

至近距離で、美しい双眸で熱っぽく見つめて伊吹が尋ねる。

念を押すような質問は、凛が照れる顔を見たかったからだろう。伊吹はたまに、こういうお茶目な意地悪をしてくる。

「……はい」

耳まで火照らせながら肯定すると、伊吹は凛の頬に手を添えて勢いよく自分の方へと引き寄せた。

突然のことに凛は驚くも、唇に感じる熱い感触によって体の芯まで熱を帯びていく。

しばらくの間、約ひと月ぶりに伊吹と唇を重ね続けた。やはり、愛する彼と触れ合っているこの時間はなによりも幸福で尊い。

「やっぱり、凛と一日一回はキスをしないとやってられないな」

唇を離した後、伊吹が悪戯っぽく笑う。

はにかみながら凛も微笑んだ。

「伊吹さんたら……」

「今考えたら、よく一カ月も離れ離れで暮らせたものだ。しばらくはひとときも離れたくないな」

「……私もです」

なんてことを言い合っているが、明日になれば伊吹は鬼の若殿としての仕事のために外出するだろうし、凛だって長く休みを頂戴していた紅葉の甘味処でのアルバイトに駆り出される。

お互い頭では現実を理解している。しかし今はそんなものをどこかに放り出したいほど、お互いの存在を欲していた。すべてを捨てて、一生ふたりで抱き合っていたいという衝動に駆られていた。

それほどまでに、お互いに触れ合えなかったひと月という期間が、ふたりの愛を燃え上がらせていたのだった。

「……鬼である俺が、人間の君を迎えるにはいろいろな障害はあるだろうと考えていた」

凛を抱きしめたまま、伊吹は静かな口調で語り始めた。凛は彼を見つめて黙って耳を傾ける。

「もちろん、君への愛を抱いた時からそんなのは覚悟の上だった。どんな困難があったとしても、俺の力で乗り越えてやる、凛を全力で守ると意気込んでいた。だけど、それは俺の思い上がりだったようだ」

「え？」

頷きながら聞いていた凛だったが、『思い上がり』という伊吹の言葉が意外で首を傾げる。

すると伊吹は凛の頭を優しく撫でながら、目を細めて凛を見つめた。慈愛に満ちた眼差しを受け、凛の胸が高鳴る。

「俺には凛が必要だったんだ。『最強』の俺があやかし界の頭領となり、平穏なあやかし界と人間界を創るには、ひたむきに前を向く君なしでは不可能なんだよ。今回の件でそう実感した。……俺に足りないのは、人間である凛だったんだって」

「伊吹さん……」

あやかし界に身を置いてからというもの、ずっと凛は人間であることを引け目に感じていた。

しかし今の伊吹の言葉を聞いて、初めてこう思えた。

人間として伊吹の伴侶となれてよかった、と。

「とても嬉しいです。弱い私はいつも伊吹さんや仲間のみんなに守ってもらってばかりで、自分があやかしだったらよかったのにって常に考えていました。だけど今は人間である自分に誇りを感じられます。……私、人間として、夜血の乙女として生まれて本当によかったです」

「ああ。俺は凛だけを愛している。俺とは違う、人間の君だけを」

伊吹は凛の頬にそっと指を触れた。凛が瞳を閉じると、再び伊吹の熱い唇が触れる。

鬼の匂いが凛の全身に染み渡っていく。

そしてさらに、伊吹の深い情愛が凛の細胞のひとつひとつにまで伝播《でんぱ》していった。

第七章　新たなる決意

天狗の現・頭領である是界の視線の先には、一匹の烏《からす》が月光を浴びていた。

草木も眠る丑《うし》三つ時。

天狗の里にある名もなき洞窟の奥に、是界とその烏はいた。天井には小さな穴が開いており、満月の青白い光がうっすらと差し込んでいる。

その月光がちょうど当たる位置に、是界の腰ほどの高さの岩が詰まれ、その上で烏は羽を休めていた。淡い月明りを、小さな全身に当てるように。

すると、烏の体自体が金色の光を帯び始めた。是界は口角を上げると、烏に向かってこう告げる。

「時は満ちた。さあ、元の美しい姿に戻るんだ。僕の愛する女性《ひと》よ」

烏に向けて手をかざす是界。

手のひらからなんらかの妖術が放たれる。しかし攻撃性は感じられず、優しく包み込むような光の帯だった。

月光と是界の術を受けた一匹の烏は、自ら発していた光をどんどん強めていく。そして、目のくらむような閃光《せんこう》がほとばしった、次の瞬間だった。

烏は一瞬で、ひとりの成人女性へと姿を変えた。鶴や椿の花が描かれた花魁風《おいらんふう》の着物を着た、妖艶な天狗の女に。

女は目を見開き、信じがたいといった面持ちをしながら、自身の頬を触ったり手を握ったり開いたりしている。

「おかえり、天逆毎《あまのざこ》」

柔らかく微笑んで是界が優しい声で名を呼ぶと、女——天逆毎は顔を歪《ゆが》めて涙を零し、胸に飛び込んできた。

「わっ……」

「是界っ！　ありがとうありがとう……！　わらわを元の姿に戻してくれてっ」

天逆毎が抱きついてきた衝撃でよろめく是界だったが、天逆毎はそんなことには構わず、感動のあまり涙を流しながら感謝の気持ちを叫んでいる。

十カ月ほど前。鬼の若殿である伊吹の妖術を受け、天逆毎はすべての妖力を失い烏の姿にされてしまった。

彼女が妖力を取り戻すには、何カ月も月の光を浴びた上で、同じ天狗族の強い妖気を体内に取り込む必要があった。

そして十カ月ぶりに脆弱な烏の姿から、人型の美しい天狗へと復活したのだった。

「礼なんていらないよ。あなたは僕の愛する妻なんだから、当然さ」

毒気のない笑みを浮かべて、是界は天逆毎に告げる。

天逆毎は是界の側室だ。しかし政略結婚で結ばれた本妻の女性よりも、是界は彼女を気に入っている。

理由のひとつは、彼女の苛烈で愚直な性格だ。目的のためには手段を選ばない残忍さもさることながら、天狗をもっとも崇高な種族だと信じて疑わず、露骨に他族を見下しせせら笑うまっすぐさがとても好ましい。なんとも単純で、とても扱いやすくて。

まあ是界自身が、天逆毎を洗脳しそのような性格に仕立て上げたのだが。

——本当に愚かでかわいい人だよ、あなたは。

相変わらず自分に全幅の信頼を寄せている様子で、「是界ぃ〜！」と愛しそうに叫んでいる天逆毎の頭を撫でながら、是界はほくそ笑む。

扱いやすいと言えば、少し前まであやかし界の頭領であった大蛇もとても短絡的で視野が狭くて、簡単な男だった。

『本来は龍族など神に近い種族のはずなのに。人間と同等なんておかしいよね』などと大蛇と顔を合わせるたびに述べては、それとなく古来種派に入ればいいのではないかと勧めた。すると思った通り伊吹と敵対し、自爆してくれたのだ。

是界はあやかし界の頭領になることには興味がない。人間との仲を取り持たなければならない、あんな面倒で愚かな立場になど、むしろなりたくはない。

是界が目指しているのは、自分自身がより崇高な存在になること。妖力の強弱なんかに囚われている愚かなあやかしなどよりもずっと。

そう。神と等しい存在でもある、天狗の上位互換——不老不死の体を持つ大天狗に。

しかしそのためには、天狗より幅を利かせている種族が多くいるのは耐えがたい。大天狗となった自分を崇《あが》める天狗たちは、やはりあやかしの中では至高の存在でなくてはならない。

だからまずは勢力の強い龍族をターゲットに定めた。

頭領が失墜した今、龍族へのバッシングは大きくなり、評判はがた落ちだ。まさに狙い通りだった。

さて。是界にとって天逆毎がお気に入りである理由は、もうひとつあった。

「あ。あなたの鞍馬は元気にしているようだよ」

そう。天逆毎には優秀な息子がひとりいる。

鞍馬の父は、天逆毎の元夫で現・鬼の頭領の大江であるため、是界と鞍馬には血のつながりはない。しかし、自身の血を宿しているかどうかは是界にとってはあまり重要ではなかった。

大事なのは、鞍馬が高い妖力を持ち、見目麗しいこと。

大天狗となるためには、強大な妖力が必須だ。あの最強の伊吹に引けを取らない妖力を自分は持っていると自負しているが、それでもまだ不足している。

神と化すためには、伝説級の究極の妖力が必要なのである。

そして是界がその妖力を得るために、鞍馬の存在が必要だった。

天狗族は、生涯のうちに一度だけ同族のひとりと融合が可能だ。その際、外見は両者の特徴が半々ずつ反映される形になるが、人格は妖力の低い方が高い方に吸収される形となる。

こうしてひとつの存在になれば、単純に能力はふたり分となり、最強の力を得られるのだ。

そして鞍馬と融合できさえすれば、是界が大天狗になるためには申し分のない妖力を手にできる目算だった。

つまり鞍馬は、是界にとって都合のいい存在なのだ。そんな彼をこの世に生み出してくれた天逆毎を気に入らないはずがない。

現在、龍族の地位が下がったと同時に伊吹が次期あやかし界の頭領となったため、鬼の地位がさらに高まっている。そして、伊吹の弟である鞍馬も注目の存在になりつつある。

つまり単純に考えれば、天狗の地位も向上が見込めるわけだ。

あとは頃合いを見計らって鞍馬を動かし、目障りな鬼を駆逐するだけ。

――鞍馬。僕には君が必要なんだ。僕の一部となり、神に進化できるなんてすばらしいだろう？

十カ月ほど前、家出した鞍馬を連れて帰るように天逆毎に言づけたところ、返り討ちに遭い鳥の姿となってしまった。

この女は意外と役に立たないなあと感じ、天逆毎を見限ろうかと思った。しかし鞍馬を連れ戻すにはやはり彼女の力は必要だろうと考え直し、こうして元の姿に復活させてやったのだ。

「……そう。それはよかったけれど。あの子、わらわのお願いをちっとも聞かないのよお！　あんな冷たい子に育てた覚えはないの！　やっぱりあの子に宿った鬼の血のせいだわっ」

ギリギリと唇を噛みしめ、憎々しげに天逆毎が言う。

鞍馬が天狗の道を外れてしまったのは十中八九、天逆毎の歪《いびつ》な愛情のせいだろうが、それについては黙っておこう。ここで彼女の気を害しても、なにも得はしない。

「そうだね。あなたはこんなにも鞍馬を愛しているのに。どうして彼はわかってくれないんだろうね」

眉尻を下げ、心から同情するような声音で天逆毎をなだめる。

「わかってくれてありがとう……！　ああ、あの子に会いたい。母の愛で抱きしめて、穢《けが》れた鬼の血など全部洗い流してやりたいわっ」

今度はさめざめと涙を流す天逆毎。相変わらず感情の起伏の激しい女である。少し一緒にいただけだというのに、もう胸焼けしそうだ。

こんな天逆毎をあっさりと見限った鞍馬は、彼女に似ず大層思慮深いに違いなかった。

——だからやっぱり戻ってきてもらわないとね、鞍馬。賢く美しく、強い君が僕に必要だからね。

「大丈夫、大丈夫だよ天逆毎。きっと鞍馬は戻ってくる」

「ほんとにぃ？」

是界が慰めると、上目遣いをしながら首を傾げる天逆毎。絶世の美女だというのに、仕草がわざとらしすぎるためかあまり魅力は感じない。

——でも構わないよ。君の魅力は扱いやすさだからね。

「ああ。なんだかんだ言って、息子という生き物は母親を嫌いになれないものさ」

「そ、そうよね。でもこの前のあの子、本当にわらわを鬱陶しがっている様子だったのよ……」

「はは、そんなの反抗期から来る愛情の裏返しに決まっているじゃないか。……まあ、でももし本当に鞍馬があなたを疎んでいたとしても、彼に戻ってきてもらう方法はちゃんと考えているよ」

今までよりも若干真剣な声音で是界が告げた。

するとと天逆毎は目を見開く。

「鞍馬に戻ってきてもらう方法、ですって？　本当にそんなものが？」

「本当だとも。とっても簡単だよ。……僕の言う通りにあなたが動いてくれれば、ね」

是界は低い声で告げた。

――さあ鞍馬。高貴な天狗よ。僕の元へと帰っておいで。

美しい金髪をなびかせ、無邪気に微笑む血のつながらない息子の姿を思い浮かべながら。

＊

凛と麻智が決闘を行い、その場で大蛇が逮捕されてから二週間が経った。

この間、奉行所からの事情聴取や現場検証に応じるなどして、伊吹も凛も多忙を極めた。

大蛇からは大規模誘拐事件の実行犯という罪状の他、収賄や脅迫などの余罪がぼろぼろと露呈された。

叩けば叩くほど埃《ほこり》が出てくるようで、『岡っ引きたちが意気揚々と大蛇の捜査をしているよ』と阿傍が苦笑を浮かべていた。

また、夜刀と麻智は大蛇が古来種派と知った上で彼に協力していたので、本来ならば罪に問われる。しかし、初犯だったこともあり、奉行所が気を回して『大蛇について知っている事実をすべて話してくれれば、罪に問わない』という司法取引を行ったそうだ。

すでに大蛇を敬う心など投げ捨てたふたりは、嬉々として捜査の手助けをしているらしい。

龍族にとって絶対的な存在だった大蛇に、支配されるより道はなかった夜刀と麻智。そんなふたりが罪人にならず、凜は心から安堵した。

そして現・あやかし界の頭領が逮捕されてしまい、早々に後任を決めなくてはならなかった。

伊吹が頭領に着任するのが妥当だったが、実はあやかし界の頭領となるには、その種族の頭であることが条件のひとつだった。

現在、鬼頭は伊吹の父である大江が務めている。実際は、頭としての業務はほとんど伊吹が行っているが。

当然、今すぐに大江から伊吹に鬼頭を引き継げばよいのではと、実力者の会合で意見が出た。しかし大江に『いや、俺まだやめねーけど』と拒否されてしまう。

なぜ承諾してくれないのか凜は疑問だったが、伊吹がこう言っていた。

『あやかし界の頭領になると、今とは比べ物にならないくらい多忙を極める。父上は気を利かせてくれたんだろうな。もうちょっと、のんびり新婚生活を味わえと。まあ、そのわりに自分も働きたくないからって鬼頭の仕事は押しつけてくるんだけどな』

なるほど、マイペースで心優しい大江らしい。

結局あやかし界の頭領は適任者がおらず、現時点では不在である。

頭領としての職務は、実力者の会合に出席する資格のあるあやかしたちが分担して行うと決まった。また、それまで頭領が決断していた重大事項は、会合で話し合って決定するということに落ち着いた。

そして、麻智との再決闘がネット配信されていたため、自身の正体がとうとう公になってしまった……と危惧していた凛だったが。

実は再決闘の際の落雷によって一時的に辺りは停電となり、さらに電波障害が発生していた。おかげで、再決闘の決着がついてから、大蛇が夜刀にかけた呪いを発動するまでの間、ネット中継が途絶えていたのである。また、中継復活後は音声が乱れていて、動画内の会話はほぼ聞き取れない状態だった。

そしてなんと、その雷自体が鞍馬の能力によって起こったものだった。

『最初の決闘の動画が配信された後、雷で電子機器に異常でも起こせたらなあって思ったんだよね。本当は再決闘全部を配信させたくなかったんだけど、あの日の天気はもともと晴れだったから、雷を呼び出しづらくてさ。まあ結果として凛ちゃんが人間だってバレたシーンがうまいこと隠せていたみたいで、よかったよ』

再決闘の配信が途中で途絶えていたと発覚した後、鞍馬は得意げにそう言ったのだった。

ちなみに電波障害が起こっていた際、鞍馬は雷の粒子を操ることで自分の周囲のみ電波を復活させ、仲間たちと一緒に再決闘の様子を動画で視聴していたそうだ。

つまり、凛の正体は再決闘の場にいた者と、鞍馬と共にいた同胞のみにしか発覚していないのだった。

麻智と夜刀は、凛と伊吹に恩義があるためか、『絶対に凛が人間だと口外しない』と約束してくれた。

また、逮捕後の大蛇は精神が不安定になっているようで、支離滅裂なことを口にしているそうだ。阿傍も『そんな状態だから、大蛇の言葉なんて誰もまともに聞いていない。大蛇から凛が人間だとバレる心配はないだろう』と言っていた。

そのため、凛は今も毎日伊吹の口づけを受け、鬼のふりをして生活している。

鞍馬の手柄を知った伊吹は、『さすがは俺の弟だ！』とこれでもかというほど褒めちぎった。凛もありったけの思いを込めて礼を述べたが、どれだけ感謝してもしきれない。

――再決闘に勝利するためには人間だとバレても仕方がない、でもその後はとても大変なことになる……と戦々恐々としていたけれど。これからも大きな危険を感じずに暮らせるのは、鞍馬くんのおかげね。

だが圧倒的劣勢の中、弓の達人である麻智に凛が勝利した場面はしっかりと配信されていたのだ。そのため、再決闘前よりも凛の周囲は少し騒がしい。

「ほら！　凛ちゃん、これ見てみてっ」

伊吹邸の茶の間にて凛がいつものようにくつろいでいたら、鞍馬がスマホを向けてきた。

小さな画面の中には、あやかしの若い男女ふたり組が映っていた。

『いやー、俺は凛さんが勝つと思ってましたよ。最初の決闘で弱々しい感じだったのは油断させるための作戦だったんじゃないすか？』

『マジそれな。鬼の若殿の嫁がただ弱いわけないもんなー。妖力が低いのもカモフラージュなんじゃね？　おとなしそうに見えて戦略家の凛さん、マジかっけーす』

人間の若者のような個性的なファッションに身を包んだふたりが、したり顔でそんな会話を繰り広げている。

「あ、えーと……」

反応に困った凛は、曖昧に笑って言葉を濁す。

「再決闘の後、凛ちゃんを好意的に見てくれてる奴が増えたねっ。『奥ゆかしそうでかわいー』とか言ってるあやかしもいたし！」

「そ、そうなんだ」

「あ！　ほらこれも見てよ！」

目を輝かせながら鞍馬がスマホをタップし、また新たな動画を見せてくる。今度は、三人組のあやかし男性が映っていた。

『やっぱ再決闘のさー、慌てる麻智さんに狙いすまして一発当てた時が超かっこいいよな!?』

『そうそう！　おとなしそうな顔して弓を引く時はキリッとしてんのが最高！　マジ鳥肌もの！』

『きっと伊吹さんのために頑張って特訓したんだろうなあ……。夫婦の愛を感じるっ。あのふたり、めっちゃ推せるわ〜！』

興奮した様子で話す、あやかし三人組。

──私を伊吹さんの妻として受け入れてくれる様子なのはよかったけれど。こんな反応は予想していなかったから、戸惑ってしまうわね。

凛が伊吹の伴侶だと周知された今、報道機関が凛について通行人にインタビューした場面や、自らの意見を提示した動画などが次々にアップされている。

あやかしたちは主に若者を中心に概ねよい反応をしてくれていて、鞍馬はそれを嬉しく思っているようで凜にたびたび見せてくるのだった。

「ふっ。若い奴らは凜の魅力をわかっているようだな。あやかし界も捨てたものではないな」

伊吹も満足げにうんうんと頷いている。

「まあ、若くて頭が柔らかいあやかしたちはねえ……。でも老害なんかは、結構文句を言っているみたいだよ？」

そんな三人の様子を傍らで眺めていた椿が苦笑を浮かべてそう告げる。彼は今日も潤香を連れて伊吹邸にくつろぎにやってきていたのだ。

「……そうみたいですね」

凜は神妙な顔で頷く。

もちろん、鞍馬に見せられている若者たちの動画のような意見がすべてとは凜も考えてはいない。匿名掲示板ではあやかしとしては弱い凜をこき下ろすようなスレッドがいくつも上がっているようで、鞍馬には『見ない方がいいよ。ってか絶対に見ないで！』と釘《くぎ》を刺されている。

また、堅めの報道番組でも、『あんなに力のない女性が鬼の若殿の妻では、将来のあやかし界が心配ですね』とコメンテーターがやんわりと凜を批判する場面を何度か見てしまった。

「それは俺たちもわかっているさ。しかし、凛を好ましく感じてくれているあやかしが想像以上に多いのも事実だ」

「はい。正直、貶められることばかり覚悟していましたから……。好意的な反応が多いのは、やっぱり嬉しいですね」

冷静な伊吹の言葉に、凛は同調する。

一方、龍化した夜刀と対峙した時、手助けしてくれた同胞たちは凛の正体を知ったわけだが、その後不平のような言葉は聞こえてこない。

あの時初めて凛を人間だと知った同胞も数名いたが、ほぼ以前と同じような態度で凛と接している。

騒動後初めて甘味処に出勤した際、紅葉からは『あんたが人間だなんて全然気がつかなかったわ。今まで大変だったのねえ』とひと言だけ同情の言葉があった。しかしそれ以外は以前とまったく変わらず、雇い主または伊吹の従姉として、親しげに振る舞ってくれている。

また、糸乃とも会う機会があったが、彼女は『まさか人間とは思っていなかったけどさ。凛ってどこか不思議っていうか、普通のあやかしらしくないところがあるなって前々から感じていたんだよね。だから人間って知ってなんか納得したわ～』と屈託なく微笑んでいた。

信頼している同胞たちが人間の自分を受け入れてくれたことは、心から喜ばしかった。

「やっぱさ、できる奴らは人間だのあやかしだのそんなに気にしてないんだってー。俺みたいにね！」

鼻を膨らませて、鞍馬が得意げな顔をする。

人間の文化をなによりも好む鞍馬も、仲間たちが人間の凛をあっさりと受け入れたのを嬉しく感じているのだろう。

「まー確かに、みんな今まで通り協力してくれるだろうから、今後特に動きづらくなったとかはなさそうだね。でも、やっぱり力の弱い凛ちゃんをよく思っていない奴らも一定数存在するのは事実だよ。そういう奴らの動向には気をつけないと」

椿の忠告に伊吹が頷く。

「そうだな。凛、今まで以上に注意して行動しよう」

「はい」

背筋を正して返事をする凛だったが、伊吹はそんな凛の頭をふわりと撫でた。

「まあ、なにが起こったとしても俺が守るがな」

「あ……」

突然の触れ合いに、凛が顔を赤らめていると。

「だが、今回は凛の思いきりのよさがなければ、こんなふうにうまくはいかなかった。これからも凛の力が必要になるだろう。……今後も俺を助けてくれ、凛」

凛に優美な眼差しを向け、柔らかい声音で伊吹が告げる。

「はい……！　私にできることでしたら」

込み上げてくる嬉しさを噛みしめつつ、凛は答えた。

それまでは、部分的に凛の行いが役立てたとしても、なんだかんだ伊吹に守られてばかりだった。しかし今回初めてあやかしと一対一で戦い、不格好ながらも勝利をもぎ取れた。伊吹の伴侶としての真の存在意義を見出せられた一件だったように思う。

彼の『今後も俺を助けてくれ』という言葉に、ますますその実感が深まった。

「ほんとそう！　いやー、今回の件で俺はマジで思ったね。やっぱり人間の女子は最高だってさ！　かわいくて奥ゆかしくて芯が強くてすばらしいっ。時代は人間女子だね！」

伊吹や凛が話していた内容とは少しずれているような気もするが、鞍馬が意気揚々と声を上げる。すると。

「時代は人間女子……」

それまで、ちゃぶ台の隅でおとなしく茶をすすっていた潤香が消え入りそうな声を漏らす。

ハッとした凛が気まずく思うと、伊吹も苦笑を浮かべていた。

だが鞍馬の耳には届いていなかったようで、鼻歌を歌いながらスマホの画面を覗き込んでいる。

――まずい。この流れは。

と、凛が身構えた瞬間。

「おいそこの金髪くそ野郎」

椿が身も凍るような冷たい声を上げた。

「え？」と顔を上げた鞍馬だったが、視界に飛び込んできた牛鬼の恐ろしい形相に「ひっ」と小さく悲鳴を上げた。

口元は笑みの形なのに、その瞳は憤怒の色で染められている。微笑んでいるのに殺気で満たされた椿の表情からは、強烈な禍々《まがまが》しさを感じざるを得ない。

「な、なに？　椿最近、やたら俺を怒ってこない……？　俺、なにかしました？」

震えながら鞍馬が問うと。

「あ？　自分の胸に聞いてみろ。人間の女子最高だと？　あやかしの女子はダメだとでも言いたいのか？」

「えっ!?　そ、そんなこと言ってませんがっ？　ってか別に俺がどんな女の子が好みでも椿には関係なくないっ!?」

「関係大ありなんだが？　おいクソガキ、発言を撤回しろ。あやかし女子を敬え。特に濡れ女は最高だと言え」

「な、なんなんですかもう⁉　意味わかんないんだけど！　怖いーっ」

凄みを聞かせて迫ってくる椿から、涙目で逃げる鞍馬。

一方で、鞍馬の発言にショックを受け続けている潤香は、自身の世界に引きこもってしまっているようで、ちゃぶ台の隅で肩を落としている。

「はは……。なんだか最近、俺の家も賑《にぎ》やかになったものだな」

そんな三人の様子を見た伊吹が呆れたように笑う。しかし不快感を抱いている雰囲気はなく、どこか楽しげだ。

「そうですね」

凛も、椿が本音で鞍馬に絡み、訳のわかっていない鞍馬が反応する光景には、なぜか毎回微笑ましさを覚える。きっと、気の置けない仲間内でしかできないやり取りだからだろう。

そして潤香は、いつの間にか鞍馬に対して恋心を抱くようになっている。彼女からしてみれば、年上の鞍馬に対するその気持ちはひょっとしたら恋情というより憧れに近いのかもしれないが。

このメンバー内で生まれているさまざまな感情の応酬は、少し前の関係から思うと信じられないものだ。

紆余曲折あったが、信頼できる仲間が増えた。気兼ねなく伊吹邸にやってくる椿と潤香の存在は、凛に安らぎを与えてくれる。

——こんなふうに、仲間たちと笑い合える日が続くように。これからも伊吹さんと穏やかに過ごせるように。私は伊吹さんと手を取り、支え合って生きていく。

騒がしくも平和な光景を前に、凛は改めてそう決意するのだった。

END

あとがき

お久しぶりです、湊祥です。諸事情により、いつもより間が空いてしまいましたが、皆様のおかげで『鬼の生贄花嫁と甘い契りを五～最強のあやかしと花嫁の決意～』をお届けすることができました。ありがとうございます！　本当に毎回申し上げているのですが、こんなに長くこの物語が書けるとは最初はまったく想像しておりませんでしたので、感慨深いです。

そして今回最後に少し匂わせておりますが、次の展開では鞍馬がメインキャラクターのひとりになる予定です。鞍馬は椿と共に大人気のキャラクターでして、私も書いていてとても楽しいので、皆様の元へお届けできますようにと切に祈っております。

また、コミカライズ版一巻も先月発売されました。麻藤あそら先生が、大変魅力的にキャラクターを動かしてくださっています！　小説版にはイラストがない、鞍馬、椿、国茂などの美麗な姿が拝めます！　小説版ともども、よろしくお願いいたします。

そして五巻についてですが、今回はあやかし界に来て成長した凛が、その成果を発揮する内容となりました。今までの仲間たちも集結し、最終回っぽい!?と思われた方もいらっしゃると思いますが、まだまだ続けられたらと思っています（笑）。

　ですが実は、私が当初ぼんやりと思い描いていた内容としては、「人間だとバレてしまった凛だが、あやかしの仲間たちに囲まれて、伊吹との愛を祝福されて終わる」でした。だから状況によっては、今回終わりでもおかしくはありませんでした。しかし書いているうちにキャラクターたちにどんどん愛着が湧き、どんどん書きたいことが増えていきました。また、皆さまからいただける感想がとても励みになり、この物語をもっと長く楽しんでいただきたいと自然と思えました。

　さらに突っ込んだ話をいたしますと、私がこのお話を長く続けたいと願ったとしても、たくさんの方がこのシリーズの本をお手に取ってくださらないと無理なんですよね。だからこうして二年以上も続けられているのは、本当に皆様のおかげなんです。小説もコミカライズももっと楽しみたいと思ってくださっている方は、今後も応援していただければ幸いです。

　そういうわけで、この本を手に取ってくださった方に、改めて熱くお礼申し上げます。また、本作に関わってくださったすべての方に、感謝を申し上げます。そして今回もイラストを担当してくださったわいあっと先生。相変わらず美しい伊吹とかわいい凛を描いてくださってありがとうございます！　紫の色合いが素敵です。

　それではまた、皆さまにお会いするのを楽しみにしております。

湊祥

この物語はフィクションです。実在の人物、団体等とは一切関係がありません。

湊 祥先生へのファンレターのあて先
〒104-0031　東京都中央区京橋1-3-1　八重洲口大栄ビル7F
スターツ出版（株）書籍編集部 気付
湊 祥先生

鬼の生贄花嫁と甘い契りを五
〜最強のあやかしと花嫁の決意〜

2023年12月28日　初版第1刷発行

著　者　　湊祥　©Sho Minato 2023

発 行 人　菊地修一
デザイン　フォーマット　西村弘美
　　　　　カバー 北國ヤヨイ（ucai）
発 行 所　スターツ出版株式会社
　　　　　〒104-0031
　　　　　東京都中央区京橋1-3-1　八重洲口大栄ビル7F
　　　　　出版マーケティンググループ　TEL 03-6202-0386
　　　　　（ご注文等に関するお問い合わせ）
　　　　　URL　https://starts-pub.jp/
印 刷 所　大日本印刷株式会社

Printed in Japan

定価はカバーに記載されています。
ISBN　978-4-8137-1520-7　C0193

スターツ出版文庫　好評発売中!!

『青に沈む君にこの光を』

退屈な毎日に息苦しさを抱える高一の凛月。ある夜の帰り道、血を流しながら倒れている男子に遭遇する。それは不良と恐れられている同級生･冴木だった。急いで救急車を呼んだ凛月は、冴木の親友や家族と関わるようになり、彼のある秘密を知る…。彼には怖いイメージと正反対の本当の姿があって──。(「彼の秘密とわたしの秘密」汐見夏衛) 他、10代限定で実施された「第２回 きみの物語が、誰かを変える。小説大賞」受賞３作品を収録。10代より圧倒的支持を得る汐見夏衛、現役10代作家３名による青春アンソロジー。

ISBN978-4-8137-1506-1／定価660円（本体600円+税10%）

『君がいなくなるその日まで』　永良《ながら》サチ・著

心臓に病を抱え生きることを諦めていた高校２年生の舞は、入院が長引き暗い毎日を送っていた。そんな時、病院で同じ病気を持つ同い年の男子、慎に出会う。辛い時には必ず、真っ直ぐで優しい言葉で励ましてくれる慎に惹かれ、同時に明るさを取り戻していく舞。しかし、慎の病状が悪化し命の期限がすぐそこまで迫っていることを知る。「舞に出会えて幸せだった──」慎の本当の気持ちを知り、舞は命がけのある行動に出る。未来を信じるふたりに、感動の涙が止まらない。

ISBN978-4-8137-1505-4／定価660円（本体600円+税10%）

『夜を裂いて、ひとりぼっちの君を見つける。』　ユニモン・著

午後９時すぎ、塾からの帰り道。優等生を演じている高１の雨月は、橋の上で夜空を見上げ、「死にたい」と呟いていた。不注意で落ちそうになったところを助けてくれたのは、毎朝電車で見かける他校の男子・冬夜。「自分をかわいそうにしているのは、自分自身だ」厳しくも優しい彼の言葉は、雨月の心を強烈に揺さぶった。ふたりは夜にだけ会う約束を交わし、惹かれあっていくが、ある日突然冬夜が目の前から消えてしまう。そこには、壮絶な理由が隠されていて──。すべてが覆るラストに、心震える純愛物語。

ISBN978-4-8137-1507-8／定価660円（本体600円+税10%）

『龍神の100番目の後宮妃～宿命の契り～』　皐月《さつき》なおみ・著

天涯孤独の村娘･翠鈴は、国を治める100ある部族の中で忌み嫌われる「緑族」の末裔であることを理由に突然後宮入りを命じられる。100番目の最下級妃となった翠鈴は99人の妃から虐げられて…。粗末な衣装しか与えられず迎えた初めての御渡り。美麗な龍神皇帝・劉弦は人嫌いの堅物で、どの妃も門前払いと聞いていたのに「君が宿命の妃だ」となぜか見初められて──。さらに、その契りで劉弦の子を身籠った翠鈴は、一夜で最下級妃から唯一の寵姫に!?　ご懐妊から始まるシンデレラ後宮譚。

ISBN978-4-8137-1508-5／定価693円（本体630円+税10%）

スターツ出版文庫　好評発売中!!

『きみは僕の夜に閃く花火だった』　此見《このみ》えこ・著

高二の夏休み、優秀な兄の受験勉強の邪魔になるからと田舎の叔母の家に行くことになった陽。家に居場所もなく叔母にも追い返され途方に暮れる陽の前に現れたのは、人懐っこく天真爛漫な女子高生・まつりだった。「じゃあ、うちに来ますか？その代わり――」彼女の"復讐計画"に協力することを条件に、不思議な同居生活が始まる。彼女が提示した同居のルールは――【1.同居を秘密にすること　2.わたしより先に寝ないこと　3.好きにならないこと】強引な彼女に振り回されるうち、いつしか陽は惹かれていくが、彼女のある秘密を知ってしまい…。

ISBN978-4-8137-1494-1／定価649円（本体590円+税10%）

『君の世界からわたしが消えても。』　羽衣音《はいね》ミカ・著

双子の姉である美月の恋人・奏汰に片想いする高２の葉月は、自分の気持ちを押し殺し、ふたりを応援している。しかし、美月と奏汰は事故に遭い、美月は亡くなり、奏汰は昏睡状態に陥った――。その後、奏汰は目覚めるが、美月以外の記憶を失っていて、葉月を"美月"と呼んだ。酷な現実に心を痛めながらも、美月のフリをして懸命に奏汰を支えようとする葉月だけれど…？　葉月の切ない気持ちに共感！

ISBN978-4-8137-1496-5／定価682円（本体620円+税10%）

『龍神と許嫁の赤い花印三～追放された一族～』　クレハ・著

龍神・波琉からミトへの愛は増すばかり。そんな中、天界から別の龍神・煌理が二人に会いに来る。煌理から明かされた、百年前にミトの一族が起こした事件の真相。そしてその事件の因縁から、天界を追放された元龍神・堕ち神がミトに襲い迫る。危険の最中、ミトは死後も波琉と天界に行ける"花の契り"の存在を知る。しかし、それは同時に輪廻の輪から外れ、家族との縁が完全に切れる契りだという…。最初は驚き、躊躇うミトだったが、波琉の優しく真っすぐな愛に心を決め――。「ミト、永遠を一緒に生きよう」

ISBN978-4-8137-1497-2／定価671円（本体610円+税10%）

『薄幸花嫁と鬼の幸せな契約結婚～揺らがぬ永久の愛～』　朝比奈希夜《あさひなきよ》・著

その身に蛇神を宿し、不幸を招くと虐げられて育った瑠璃子。ある日、川に身を投げようとしたところを美しい鬼のあやかしである紫明に救われ、二人は契約結婚を結ぶことになる。愛なき結婚のはずが、紫明に愛を注がれ、あやかし頭の妻となった瑠璃子は幸福な生活を送っていた。しかし、蛇神を狙う勢力が瑠璃子の周囲に手をだし始め――。「俺が必ずお前を救ってみせる。だから俺とともに生きてくれ」辛い運命を背負った少女が永久の愛を得る、和風あやかしシンデレラストーリー。

ISBN978-4-8137-1498-9／定価671円（本体610円+税10%）

スターツ出版文庫　好評発売中!!

『捨てられた花嫁と山神の生贄婚～帝都女学院の陰謀～』　飛野《とびの》 猶《ゆう》・著

家族に虐げられ、山神様の生贄花嫁となるため山に捨てられた絹子。しかしそんな不幸から一転、山神様であり、帝都きっての実業家でもある加々見に溺愛され、幸せな日々を送っていた。上流階級のみが通う帝都女学院に入学した絹子は、学院を牛耳る侯爵令嬢に虐められてしまうが…。「迎えにきた、俺の愛しい妻」と、授業参観にきた美しい加々見の姿にクラスは騒然!?　そして二人は新婚旅行で甘い時間を過ごす。その矢先、女学院で新たな事件が巻き起こり――大人気和風シンデレラファンタジー第二弾！

ISBN978-4-8137-1471-2／定価682円（本体620円+税10%）

『死神様に幸せな嫁入りを』　黒乃《くろの》 梓《あずさ》・著

叔母の家で虐げられ育った咲耶は、莫大な援助と引き換えに、人間界で暮らす神族のもとへ嫁がされる。相手は、神々からも恐れられ、花嫁になれば早死にすると噂される死神。しかし咲耶の前に現れたのは、この上ない美貌と財力を持つ冥加家当主・暁だった。愛のない政略結婚だったはずが、咲耶が花嫁として日々を懸命に過ごす中で、噂とはまるで違う暁の過保護な優しさに触れ、二人は徐々に惹かれ合う。「花嫁が必要なんじゃない。お前自身が必要なんだ」少女は心優しい死神のもとで愛を知る。和風シンデレラストーリー。

ISBN978-4-8137-1474-3／定価693円（本体630円+税10%）

『君がくれた1/2の奇跡』　いぬじゅん・著

高二の春、片想いをしていた翔琉に告白をされた紗菜。けれど幸せは一転、その直後、翔琉はバス事故に遭い帰らぬ人となってしまう。想いを伝えられなかった後悔を抱える紗菜は、もう一度翔琉に会いたいと強く願う。すると、事故のあった日へと戻ることに成功するが…。「運命は一度しか変えられない」彼を救いたい紗菜は奇跡を信じるけれど――。ラストで明かされる秘密に涙が止まらない、切ない純愛物語。

ISBN978-4-8137-1483-5／定価726円（本体660円+税10%）

『青春ゲシュタルト崩壊』　丸井《まるい》とまと・著

朝葉は勉強も部活も要領よくこなす優等生。部員の仲を取りもつ毎日を過ごすうちに、本音を飲み込むことに慣れ、自分の意見を見失っていた。そんなある日、朝葉は自分の顔が見えなくなる「青年期失顔症」を発症し、それを同級生の聖に知られてしまう。いつも自分の考えをはっきり言う聖に、周りに合わせてばかりの自分は軽蔑されるはず、と身構える朝葉。でも彼は、「疲れたら休んでもいいんじゃねぇの」と朝葉を学校から連れ出してくれた。聖の隣で笑顔を取り戻した朝葉は、自分の本当の気持ちを見つけはじめる――。

ISBN978-4-8137-1486-6／定価814円（本体740円+税10%）

スターツ出版文庫　好評発売中!!

『無能令嬢の契約結婚～運命を繋ぐ証～』　香月《こうづき》文《あや》香《か》・著

異能が尊ばれる日本の自治州・至間国に、異能が使えない「無能」として生まれた櫻子は、最強の異能使いの冷徹軍人・静馬のもとに嫁ぐ。櫻子の無能ゆえのある能力を必要としたただの契約結婚だったはずが…静馬から惜しみない愛をもらい、虐げられてきた櫻子は初めての幸せを感じていた。そんな中、演奏会に参加した櫻子のもとに静馬の旧友で陸軍情報部の三峰が現れる。彼は「もし俺がお前を静馬から奪ったらどうする？」と“洗脳”の異能とともに櫻子に迫り――。ふたりの唯一無二の運命が試される、溺愛婚姻譚第２弾！

ISBN978-4-8137-1460-6／定価715円（本体650円+税10%）

『5分後に世界が変わる～不思議な出会い編～』

手紙を送ってきたストーカーの正体は未来の私？（『ゆみこ勉強しなさい！』）失恋した私を励ますため、洗濯機から不思議な女子高生が這い出てきて？（『パラレルワールドわたし』）など、不思議な出会いから始まり、気になる展開に全作品あっという間の5分！　そして、ぶわっと泣けて、うわっと驚き、最後はさらなる予想外の結末！　主人公の状況が、考えが、そして世界が、180度反転する。どこから読んでも楽しめる、朝読、通学や通勤、就寝前、あなたのすき間時間に没頭できる全14編の超短編小説を収録！

ISBN978-4-8137-1473-6／定価693円（本体630円+税10%）

『君がひとりで泣いた夜を、僕は全部抱きしめる。』　ユニモン・著

幼い頃に父を失い、家族を支えながら過ごしている高二の真菜。あるとき、友達とのトラブルが原因で過呼吸になったところを、同じクラスの桜人に助けられる。近寄りがたい存在だった桜人に『自分を偽って、友達と一緒にいる必要ないだろ』と言われ最初は戸惑うけれど、そこから真菜の世界は変わり始めた。桜人と同じ文芸部に入ると、彼の美しい文章を読んで更に彼を知りたくなっていく。しかし、桜人が真菜を助けたいと思う気持ちには、ある悲しい過去が関係していた――。隠された切ない秘密に、涙が止まらない！

ISBN978-4-8137-1470-5／定価704円（本体640円+税10%）

『君との終わりは見えなくていい』　蒼山《あおやま》皆《みな》水《み》・著

橘田柾人には“恋の終わり”が見える。恋人と別れるまでの日数が頭の上に現れるのだ。どんな恋にも終わりはあるし、恋なんてくだらない、愛なんか無意味だ。そう思っていた柾人だったが、同級生の七里梓帆に恋をしてしまい、そんな思いは吹き飛んでいった。自分なりに行動し、距離を詰めていく柾人。徐々に二人の仲は深まっていくが、恋の終わりを示す数字が梓帆の頭上に表れてしまった。しかし「もう自分の気持ちに嘘をつきたくない」と柾人は初めて運命にあらがい、未来を変えるために奮闘する――。

ISBN978-4-8137-1472-9／定価682円（本体620円+税10%）

書店店頭にご希望の本がない場合は、書店にてご注文いただけます。